现代名家经典文库。

朱湘作品精选

朱湘 著

云南出版集团
云南人民出版社

图书在版编目（CIP）数据

朱湘作品精选 / 朱湘著. -- 昆明：云南人民出版社，2019.7
ISBN 978-7-222-18452-7

Ⅰ. ①朱… Ⅱ. ①朱… Ⅲ. ①中国文学—现代文学—作品综合集 Ⅳ. ①I216.2

中国版本图书馆CIP数据核字（2019）第136513号

项目策划：杨　森
责任编辑：朱　颖
装帧设计：何洁薇
责任校对：范晓芬
责任印制：李寒东

朱湘作品精选

朱　湘　著

出版	云南出版集团　云南人民出版社
发行	云南人民出版社
社址	昆明市环城西路609号
邮编	650034
网址	www.ynpph.con.cn
E-mail	ynrms@sina.com
开本	710mm×1000mm　1/16
印张	16
字数	230千
版次	2019年7月第1版第1次印刷
印刷	华睿林（天津）印刷有限公司
书号	ISBN 978-7-222-18452-7
定价	49.80元

如需购买图书、反馈意见，请与我社联系
总编室：0871-64109126　发行部：0871-64108507　审校部：0871-64164626　印制部：0871-64191534
版权所有　侵权必究　印装差错　负责调换

云南人民出版社微信公众号

前 言

20世纪的中国文坛名家辈出,他们借着"诗界革命""文学革命"的推动,从"五四新文学革命"前后发轫,以白话文学为主导,以思想启蒙为目标,奠定了至今一个多世纪的中国文学的主体形态。

在那样一个社会剧烈动荡、思想文化狂飙突进的年代,众多的文学名家展现出无与伦比、令人惊叹的才情。说到"才",主要指他们创作中的才华。中国白话文学创作在发端后的短短几十年时间里,诗歌、小说、散文、杂文、戏剧,每一个文学领域都有突破,都有传之后世的经典作品出现,而每一个领域又都涌现出众多的代表性人物。说到"情",文学前辈们对于国家、民族、民众的挚爱,对于乡土、亲人的眷恋,都通过他们笔下的文字传神地表达出来。"才"和"情"的历史际遇性的统一,是20世纪文学历史上一个突出的特点,也是我们得以继承的宝贵的文学遗产和思想财富。

我们从这众多的文坛名家里首选尤以才情著称的十七位,精选他们的代表性作品,编辑了"现代名家经典文库"。这十七位才情名家分别是戴望舒、胡也频、林徽因、刘半农、庐隐、鲁彦、柔石、石评梅、苏曼殊、闻一多、萧红、徐志摩、许地山、郁达夫、郑振铎、朱湘、朱自清。

选取他们,不仅因为他们的过人才华在文坛上的地位和影响,也因为他们每个人的经历和作品都充满了耐人寻味的"情"的因素,使我们久久品读而不能忘怀。但令人惋惜的是,他们中大多数人的生命之花刚刚绽放便过早地凋零了——石评梅逝世于1928年，时年26岁；胡也频逝世于1931年，时年28岁；柔石逝世于1931年，时年29岁；萧红逝世于1942年，时年31岁；徐志摩逝世于1931年，时年34岁……

在阅读他们作品的时候，我们不禁想到，如果他们的生命不是这样短暂，他们又会有多少经典的作品流传下来，又会给我们增添多少精神上的财富。

这套丛书只能说是20世纪中国文学史的一个小小的侧面和缩影，因为篇幅的限制，所选取的也只能是每位名家的少量代表性作品，难免挂一漏万，同时，在保留原作品风貌的基础上，我们按照通行标准对原作的部分文字和标点符号进行了修订和统一。

他们的生命虽然短暂，
但他们才华横溢、激情四射，
如历史夜空中一颗颗璀璨的流星；
那一个个令人久久不能忘记的名字，
让我们常常追忆那远去的才情年华……

编　者
2019年7月

目　录

朱湘简介 …………………………………………… 1

诗　歌

废　园 ……………………………………………… 3
春 …………………………………………………… 4
小　河 ……………………………………………… 7
宁静的夏晚 ………………………………………… 10
等了许久的春天 …………………………………… 11
北地早春雨霁 ……………………………………… 12
寄一多基相 ………………………………………… 13
回　忆 ……………………………………………… 14
南　归 ……………………………………………… 15
爆　竹 ……………………………………………… 17
小　河 ……………………………………………… 18
霁雪春阳颂 ………………………………………… 19
热　情 ……………………………………………… 20
答　梦 ……………………………………………… 22
情　歌 ……………………………………………… 24
葬　我 ……………………………………………… 26
摇篮歌 ……………………………………………… 27
少年歌 ……………………………………………… 29
催妆曲 ……………………………………………… 30

采莲曲 31

昭君出塞 33

哭孙中山 35

残　灰 37

弹三弦的瞎子 39

有一座坟墓 40

雨　景 41

有　忆 42

端　阳 43

日　色 44

猫　语 46

月　游 51

还　乡 54

王　娇 58

梦 96

歌 98

哭城·内战事实 99

恳　求 101

洋 103

祷　日 105

泛　海 108

扣　心 109

幸　福 111

镜　子 112

动与静 113

风推着树 114

雨 115

夜　歌 …………………………………………………… 116
春　歌 …………………………………………………… 117
十四行　英体 …………………………………………… 118
十四行　意体 …………………………………………… 122
寻 ……………………………………………………… 130
民　意 …………………………………………………… 131
今　宵 …………………………………………………… 132
呼 ……………………………………………………… 133
慰元度 …………………………………………………… 134
夏　夜 …………………………………………………… 135
白 ……………………………………………………… 136
乞　丐 …………………………………………………… 137
小　聚 …………………………………………………… 138

散　文

打弹子 …………………………………………………… 141
北海纪游 ………………………………………………… 146
梦苇的死 ………………………………………………… 157
书 ……………………………………………………… 162
寓　言 …………………………………………………… 165
迎　神 …………………………………………………… 167
日与月的神话 …………………………………………… 170
画　虎 …………………………………………………… 172
徒步旅行者 ……………………………………………… 174
江行的晨暮 ……………………………………………… 179
烟　卷 …………………………………………………… 181
我的童年 ………………………………………………… 188

投　考 …………………………………………… 198

说诙谐 …………………………………………… 203

说自我 …………………………………………… 204

说说话 …………………………………………… 206

想入非非 ………………………………………… 209

文艺作者联合会 ………………………………… 213

诗　论

三百篇中的私情诗 ……………………………… 219

古代的民歌 ……………………………………… 222

五绝中的女子 …………………………………… 232

王维的诗 ………………………………………… 235

周邦彦的《大酺》 ……………………………… 240

《救风尘》 ……………………………………… 242

朱湘简介

朱湘（1904~1933），字子沅，现代著名诗人，安徽太湖县人，出生于湖南省沅陵县。

朱湘6岁开始读书，11岁入小学，13岁就读于南京第四师范附属小学。

1919年入南京工业学校预科学习，开始接触并赞同新文化运动。

1920年入清华大学，参加清华文学社活动。

1922年开始在《小说月报》上发表新诗，并加入文学研究会，此后专心于诗歌创作和翻译。

1927年9月赴美国留学，先后在威斯康星州劳伦斯大学、芝加哥大学、俄亥俄大学学习英国文学等课程。

1929年8月回国，应聘到安庆安徽大学任英国文学系主任。

1932年夏天离开安徽大学，漂泊辗转于北平、上海、长沙等地，以写诗卖文为生。

1933年12月5日晨，因生活窘困、愤懑失望，朱湘在上海开往南京的船上投江自杀。

朱湘死后被鲁迅称之为"中国的济慈"。罗念生评价说："英国的济慈是不死的，中国的济慈也是不死的。"

朱湘是一个性格独特、对艺术充满执着的诗人。他特别追求"理智节制情感"的具有东方神韵的美学原则，形式上他讲究整齐、对称，诗韵上他讲究情绪与内容合一。因此别人评价朱湘的诗"重格律形式"，诗句精炼有力、庄肃严峻，富有人生哲学的观念，字少意远。

诗 歌

废 园

有风时白杨萧萧着,
无风时白杨萧萧着;
萧萧外更不听到什么。

野花悄悄的发了,
野花悄悄的谢了;
悄悄外园里更没什么。

（原载1922年1月《小说月报》第13卷1期）

春

画师的

一夜里春神轻拂雨丝的毛笔,

将大地染成了一片绿绢,

绢上画了一幅彩画;

海,伊的笔洗,也被伊搅起绿波了。

农人的

秧田边一阵田鸡叫,

小二倒骑着水牛

高唱着秧歌的回来了。

乐师的

蜜蜂嗯嗯将心事诉了,

久吻着含笑无言的桃花;

春风偷过茅篱

窸窣的,蜜蜂嗡的惊起了。

恋人的

你的眼珠是我的碧海,

你的双靥是我的蔷薇,

你的笑声是我的鸟鸣。

我的蔷薇呵,

生在我的心地上:

我的心地上是不老的青春!

弃妇的

春来了，
——但他却没来；
微雨阴阴，
这正是他踏落花西去之候。
小河，你活活的说些什么？
你是从他那里来的？
囚犯的
绿草没来这里，怕伤他的心。
屋里漆黑：他的日头已经落了。
老人的
好暖的阳光！
他慢腾腾的挪出了个小杌子。
皱脸上添些笑纹，
他看着河里两个泥水满脸的孩子；
他的春天回来了。
孤女的
林蕙的新衣真绿的可爱呵！
我也去掐片绿草罢。
诗人的
素娥深居于水晶宫内；
浓柳荫关不住夜莺赞颂的歌声，
紫地丁梨树俯首默祷的影子落在黄色新
茵上，长的短的。
看哪！那耀眼的不是月泪？
明日里这些泪珠，一粒里将长出一朵鲜
花，
枝呵，茎呵，你们真有福分！

就是柳荫下朦胧小草,
他们也看见一团团银波相招,
要引他们到彼岸,在那里
白雾的垂帷后安息。

(选自《夏天》,1925年1月,上海商务印书馆)

|朱湘作品精选|

小 河

白云是我的家乡，
松盖是我的房檐。
父母，在地下，我与兄姊
并流入辽远的平原。

我流过宽白的沙滩，
过竹桥有肩锄的农人；
我流过俯岩的面下，
他听我弹幽涧的石琴。

有时我流的很慢，
那时我明镜不殊，
轻舟是桃色的游云，
舟子是披蓑的小鱼；

有时我流的很快，
那时我高兴的低歌，
人听到我走珠的吟声，
人看见我起伏的胸波。

烈日下我不怕燥热：
我头上是柳荫的青帷；
旷野里我不愁寂寞：
我耳边是黄莺的歌吹。

·7·

我掀开雾织的白被，
我披起红縠的衣裳，
有时过一息轻风，
纱衣玳帘般闪光。

我有时梦里上天，
伴着月姊的寂寥；
伊有水晶般素心
吸我腾沸的爱潮。

草妹低下头微语：
"风姊送珠衣来了。"
两岸上林语花吟，
赞我衣服的美好。

为什么苇姊矮了？
伊低身告诉我春归。
有什么我可以报答？
赠伊件嫩绿的新衣。

长柳丝轻扇荷风，
绿纱下我卧看云天：
蓝澄澄海里无波，
徐飘过突兀的冰山。

西风里燕哥匆别，
来生约止不住柳姊的凋丧。
剩疏疏几根灰发，
——云鬟？我替伊送去了南方。

我流过四季，累了，

我的好友们又都已凋残,
慈爱的地母怜我,
伊怀里我拥白絮安眠。

（选自《夏天》，1925年1月，上海商务印书馆）

宁静的夏晚

黑树影静立在灰色晚天的前面，
哑哑争枝的鸟啼已经倦的低下去了。
炊烟炉香似的笔直升入空际，
远田边农夫的黑影扛着锄头回来了。

这时候诗人虔诚的走到郊外，
来接受静默赐给他的诗思；
伊们是些跳动的珠形小白环，
他慢慢的将伊们绣在晚天的黑色薄纱上了。

（选自《夏天》，1925年1月，上海商务印书馆）

等了许久的春天

我仿佛坐在一只船上,
摇过了灰白单调的荒岸,
现在淌入一片鸟语花香的境地;
我的船仿佛并未前进,
只看见两行绿柳伸过来,
一霎时将我抱进了伊的怀里。

(选自《夏天》,1925年1月,上海商务印书馆)

北地早春雨霁

太阳只是灰云上一个白盘罢了,
他的光明却浸透了清朗的空中,
反映在地上雨水凹的上面。
黑干赭条的柳树安闲的立着,
仿佛等候着什么似的。
远近四处听到无数争喧的鸟声,
河水也活活起来了。

（选自《夏天》,1925年1月,上海商务印书馆）

寄一多基相

我是一个惫殆的游人,
蹒跚于旷漠之原中,
我形影孤单,挣扎前进,
伴我的有秋暮的悲风。

你们的心是一间茅屋,
小窗中射出友谊的红光;
我的灵魂呵,火边歇下罢,
这正是你长眠的地方。

(选自《夏天》,1925年1月,上海商务印书馆)

回 忆

纸窗下恬静的油灯，
室腰明，顶作圆形
灯罩边仰首青年
神游于圆影的中心。

哼哼的吆呼远闻；
上房中假哭着阿鲲；
晚饭菜厨下炒着，
好一片有望的声音。

——那时间无虑无忧，
如今呵变了逃囚。
但仍亮你的，油灯，
你的圆仍可神游。

（选自《夏天》，1925年1月，上海商务印书馆）

朱湘作品精选

南 归

答赠恩沱了一三友

我是一只孤独的雁雏，
朔方冰雪中我冻的垂死；
忽然一晨亮起友情的春阳，
将我已冷的赤心又复暖起，

我的双翼回温而有力，
仿佛雪中人入了炭盆的室中；
已毙的印象复活于眼前，
有如走马灯上的人物憧憧。

我还不乘此奋飞而南，
飞回我梦中不敢思念的家乡？
虽说早春还有吼空的刀风，
那痛快之死不比这郁结之生远强？

许久朋友们一片好意，
他们劝我复进玉琢的笼门，
他们说带我去见济慈的莺儿，
以纠正我尚未成调的歌声；

殊不知我只是东方一只小鸟，
我只想见荷花阴里的鸳鸯，
我只想闻泰岳松间的白鹤，

我只想听九华山上的凤凰。

北地的玄冰吸尽我的热力,
我更无力量去大气里遨游;
在江南我虽或仍无奋飞的羽毛,
江南本身就是一片如梦的温柔。

江南的山鲜艳如出浴的美人,
这里的永远披着灰土的旧衣;
江南的水仿佛高笑的群儿,
这里的只是一个羸童寂寞的独嬉。

江南夏日有楼阴下莫愁湖荷,
一足的白鹭立于柳岸的平沙,
蝉声度过湖水,声音柔了:
归去罢!江南正是我的故家。

江南秋天有遮檐的桂树,
争蜜的蜂声仍噪于黄花之丛间;
江南冬季有浮于溪面的梅馨:
归去罢!江南正是我的故园。

和暖的春阳在江南留恋,
有如含情之倩女莲步舒徐;
伊在这里迫于狂徒般匆匆归去,
随了伊归去罢!江南正是我的故居。
岁月流的真快,转瞬又到炎夏,
归去同游罢!艺术的燕燕,
归去同游罢!雏鹰与慈乌:
这地方不可久恋……

(选自《夏天》,1925年1月,上海商务印书馆)

· 16 ·

爆 竹

见子惠同题作

跳上高云,
惊人的一鸣;
落下尸骨,
羽化了灵魂。

(选自《夏天》,1925年1月,上海商务印书馆)

小 河

海是我的母亲,
我向伊的怀里流去。
一日,
伊将抱着我倦了的身子,
摇着,
哼着催睡的歌儿;
我的灵魂将化为轻云,
飘飘的腾入空际,
——而又变形的落到地上,
被伊的爱力吸落到地上了。
阴阴春雨中
远处的泉声活活了。

(选自《夏天》,1925年1月,上海商务印书馆)

霁雪春阳颂

甲子开岁二日,得雪,雪晴赋此

  雪的尸布将过去掩藏,

  现在天东升上了朝阳,

  看哪!黄金染遍了千家白屋顶上;

  瑶林里百鸟欢唱,

  听哪!万里内迎神的鞭炮齐扬!

    (选自《夏天》,1925年1月,上海商务印书馆)

热　情

忽然卷起了热情的风飙，
鞭挞着心海的波浪，鲸鲲；
如电的眼光直射进玄古；
更有雷霆作嗓，叫入无垠。

我们问：为什么星宿万千，
能够亘古周行，不相妨碍？
吸力，是吸力把它们牵住——
吸力中最强的岂非恋爱？

这无爱的地球罪已深重，
除去毁灭之外没有良方。
我们把它一脚踢碎之后，
展开双翼在大气内翱翔。

我们的热情消融去冰冻，
苏醒转月宫的白兔，桂花，
我们绑起斫情根的吴刚，
一把扔去填天狼的齿牙。

我们发出流星的白羽箭，
射死丑的蟾蜍，恶的天狗。
我们挥彗星的筱帚扫除，
拿南箕撮去一切的污朽。

我们把九个太阳都挂起，
一个正中，八个照亮八方：
我们要世间不再有寒冷，
我们要一切的黑暗重光。

我们拿北斗酌天河的水，
来庆贺我们自己的成功。
在河水酌饮完了的时候，
牛郎同织女便永远相逢。

欢乐在我们的内心爆裂，
把我们炸成了一片轻尘，
看那像灿烂的陨星洒下，
半空中弥漫有花雨缤纷！

一九二五年八月二十四日

（选自《草莽集》，1927年8月，上海开明书店）

答 梦

我为什么还不能放下？
因为我现在漂流海中，
你的情好像一粒明星
垂顾我于澄静的天空，
吸起我下沉的失望，
令我能勇敢的前向。

我为什么还不能放下？
是你自家留下了爱情，
他趁我不自知的梦里
顽童一样搬演起戏文——
我真愿长久在梦中，
好同你长久的相逢！

我为什么还不能放下？
我们没有撒手的辰光：
好像波圈越摇曳越大，
虽然堤岸能加以阻防，
湖边柳仍然起微颤，
并且拂柔条吻水面。
情随着时光增加热度，
正如山的美随远增加；
棕榈的绿荫更为可爱

当流浪人度过了黄沙:
爱情呀,你替我回话,
我怎么能把她放下?

一九二五年五月十九日

(选自《草莽集》,1927年8月,上海开明书店)

情　歌

在发芽的春天，
我想绣一身衣送怜，
上面要挑红豆，
还要挑比翼的双鸳——
但是绣成功衣裳，
已经过去了春光。

在浓绿的夏天，
我想折一枝荷赠怜，
因为我们的情
同藕丝一样的缠绵——
谁知道莲子的心
尝到了这般苦辛？

在结实的秋天，
我想拿下月来给怜，
代替她的圆镜
映照她如月的容颜——
可惜月又有时亏，
不能常傍着绣帏。

如今到了冬天，
我一物还不曾献怜，
只余老了的心，

像残烬明暗在灰间，
被一阵冰冷的风
扑灭得无影无踪！

一九二五年九月二十六日

（选自《草莽集》，1927年8月，上海开明书店）

葬 我

葬我在荷花池内，
耳边有水蚓拖声，
在绿荷叶的灯上
萤火虫时暗时明——

葬我在马缨花下，
永作着芬芳的梦——
葬我在泰山之巅，
风声呜咽过孤松——

不然，就烧我成灰，
投入泛滥的春江，
与落花一同漂去
无人知道的地方。

一九二五年二月二日

（选自《草莽集》，1927年8月，上海开明书店）

摇篮歌

春天的花香真正醉人,
一阵阵温风拂上人身,
你瞧日光它移的多慢,
你听蜜蜂在窗子外哼:
睡呀,宝宝,
蜜蜂飞的真轻。

天上瞧不见一颗星星,
地上瞧不见一盏红灯;
什么声音也都听不到,
只有蚯蚓在天井里吟:
睡呀,宝宝,
蚯蚓都停了声。

一片片白云天空上行,
像是些小船飘过湖心,
一刻儿起,一刻儿又沉,
摇着船舱里安卧的人:
睡呀,宝宝,
你去跟那些云。
不怕它北风树枝上鸣,
放下窗子来关起房门;
不怕它结冰十分寒冷,

炭火生在那白铜的盆:

睡呀,宝宝,

挨着炭火的温。

一九二五年十二月四日

(选自《草莽集》,1927年8月,上海开明书店)

| 朱湘作品精选 |

少年歌

我们是小羊,
跳跃过山坡同草场,
提起嗓子笑,
撒开腿来跑:
活泼是我们的主张。

我们是山泉,
白云中流下了高岸;
谁作泾的涸?
流成渭的清,
才不愧我们的真面。

我们恨暮气,
恨一切衰朽的东西。
我们要永远,
热烈同勇敢,
直到死封闭起眼皮。

我们是新人,
我们要翻一阕新声。
来呀,挽起手,
少年歌在口,
同行入灿烂的前程!

十四年九月十一日

(选自《草莽集》,1927年8月,上海开明书店)

催妆曲

醒呀，从睡乡醒回，
晨鸡声呖呖在相催。
看呀：鸽子起来了，
她们在碧落里翻飞。

霞织的五彩衣裳
悬挂在弯弯月钩上；
日神也捧着金镜，
等候你起来梳早妆。

画眉在杏枝上歌：
画眉人不起是因何？
远峰尖滴着新黛，
正好蘸来描画双蛾。

杨柳的丝发飘扬，
她对着如镜的池塘；
百花是熏沐已毕，
她们身上喷出芬芳。

起呀！趁草际珠垂，
春莺儿衔了额黄归，
赶快拿妆梳理好。
起呀！鸡声都在相催！

一九二五年九月二十八日

（选自《草莽集》，1927年8月，上海开明书店）

朱湘作品精选

采莲曲

小船呀轻飘
杨柳呀风里颠摇；
荷叶呀翠盖，
荷花呀人样娇娆。
日落，
微波，
金丝闪动过小河。
左行，
右撑，
莲舟上扬起歌声。

菡萏呀半开，
蜂蝶呀不许轻来，
绿水呀相伴，
清净呀不染尘埃。
溪涧
采莲，
水珠滑走过荷钱。
拍紧，
拍轻，
桨声应答着歌声。

藕心呀丝长，
羞涩呀水底深藏：
不见呀蚕茧
丝多呀蛹裹中央？

溪头
采藕,
女郎要采又夷犹。
波沉,
波升,
波上抑扬着歌声。

莲蓬呀子多;
两岸呀榴树婆娑,
喜鹊呀喧噪,
榴花呀落上新罗。
溪中
采蓬,
耳鬓边晕着微红。
风定,
风生,
风飔荡漾着歌声。

升了呀月钩,
明了呀织女牵牛;
薄雾呀拂水,
凉风呀飘去莲舟。
花芳
衣香
消融入一片苍茫;
时静,
时闻,
虚空里袅着歌音。

一九二五年十月二十四日

(选自《草莽集》, 1927年8月, 上海开明书店)

| 朱湘作品精选 |

昭君出塞

琵琶呀伴我的琵琶：
趁着如今人马不喧哗，
只听得蹄声答答，
我想凭着切肤的指甲
弹出心里的嗟呀。

琵琶呀伴我的琵琶：
这儿没有青草发新芽，
也没有花枝低桠；
在敕勒川前，燕支山下，
只有冰树结琼花。

琵琶呀伴我的琵琶：
我不敢瞧落日照平沙；
雁飞过暮云之下，
不能为我传达一句话
到烟霭外的人家。

琵琶呀伴我的琵琶：
记得当初被选入京华，
常对着南天悲咤；
那知道如今去朝远嫁，
望昭阳又是天涯。

· 33 ·

琵琶呀伴我的琵琶：

你瞧太阳落下了平沙，

夜风在荒野上发，

与一片马嘶声相应答，

远方响动了胡笳。

一九二六年三月二十七日

（选自《草莽集》，1927年8月，上海开明书店）

哭孙中山

猩红的血辉映着烈火浓烟；
一轮白日遮在烟雾的后边；
杀气愁云弥漫了太空之内，
五岳三河上已经不见青天。

革命之旗倒在帝座的前方，
帝座上高踞着狞笑的魔王；
志士的头颅替他垒成脚垫，
四海哀呼，同声把圣德颂扬！

国体上的革命未能作到底，
便转过来革命自家的身体；
那知病魔的毒与恶魔相同，
我国的栋梁遂此一崩不起。

谁说他没有遗产传给后人？
他有未竟之业让大家继承。
他留下玻璃棺样明的人格；
他留下肝癌核样硬的精神。

让伟大的钟山给他作丘陇，
让深宏的江水给他鸣丧钟。
让他为国事疲劳了的筋骨
永息于四十里围的佳城中。

哭罢：因为我们的国医已亡。
此后有谁来给我们治创伤？
病夫！你瞧国医都死于赘疣，
何况你的身边有百孔千疮？

哭罢！让我们未亡者的哭声
应答着郊野中战鬼的哀音。
哭罢！因为镇鬼的钟馗已丧，
在昆仑山下魑魅更要横行。

但停住哭！停住五族的歔欷！
听那：黄花岗上扬起了悲啼！
让死者的英灵去歌悼死者，
生人的音乐该是战鼓征鼙！

停住哭！停住四百兆的悲伤！
看那：倒下的旗已经又高张！
看那：救主耶稣走出了坟墓，
华夏之魂已到复活的辰光！

一九二五年四月一日

（选自《草莽集》，1927年8月，上海开明书店）

残 灰

炭火发出微红的光芒，
一个老人独坐在盆旁，
这堆将要熄灭的灰烬
在他的胸里引起悲伤——
火灰一刻暗，
火灰一刻亮，
火灰暗亮着红光。

童年之内，是在这盆旁，
靠在妈妈的怀抱中央，
栗子在盆上哗吧的响，
一个，一个，她剥给儿尝——
妈哪里去了？
热泪满眼眶，
盆中颤摇着红光。

到青年时，也是这盆旁，
一双人影并映上高墙，
火光的红晕与今一样，
照见他同心爱的女郎——
竟此分手了，
她在天那方？
如今也对着火光？

到中年时,也是这盆旁,
白天里面辛苦了一场,
眼巴巴的望到了晚上,
才能暖着火喝口黄汤——
妻子不在了,
儿女自家忙,
泪流瞧不见火光。

如今老了,还是这盆旁,
一个人伴影住在空房,
他趁着残灰没有全暗,
挑起炭火来想慰凄凉——
火终归熄了。
屋外一声梆,
这是起更的辰光。

一九二五年十一月十四日

(选自《草莽集》,1927年8月,上海开明书店)

|朱湘作品精选|

弹三弦的瞎子

城市寂寥的初夜,
他的三弦响过街中。
是一种低抑的音调,
疲倦的申诉着微衷。

路灯黄色的光下,
有幻异的长影前横;
说不定他未觉到罢,
也说不定眼前一明。

寒气无声的拥来,
围起他单薄的衣裳,
他趁着心血尚微温,
弹出了颤鸣的声浪。

三弦抖动而呜咽,
哀鸣出游子的心胸。
无人见的暗里飘来,
无人见的飘入暗中。

一九二五年五月三日

（选自《草莽集》,1927年8月,上海开明书店）

有一座坟墓

有一座坟墓,
坟墓前野草丛生,
有一座坟墓,
风过草像蛇爬行。

有一点萤火,
黑暗从四面包围,
有一点萤火,
映着如豆的光辉。

有一只怪鸟,
藏在巨灵的树荫,
有一只怪鸟,
作非人间的哭声。

有一钩黄月,
在黑云之后偷窥,
有一钩黄月,
忽然落下了山隈。

一九二五年八月十七日

(选自《草莽集》,1927年8月,上海开明书店)

雨　景

我心爱的雨景也多着呀：
春夜梦回时窗前的淅沥；
急雨点打上蕉叶的声音；
雾一般拂着人脸的雨丝；
从电光中泼下来的雷雨——
但将雨时的天我最爱了。
它虽然是灰色的却透明；
它蕴着一种无声的期待。
并且从云气中，不知哪里，
飘来了一声清脆的鸟啼。

一九二四年十一月二十二日

（选自《草莽集》，1927年8月，上海开明书店）

有 忆

淡黄色的斜晖
转眼中不留余迹。
一切的扰攘皆停,
一切的喧嚣皆息。

入了梦的乌鸦
风来时偶发喉音;
和平的无声晚汐,
已经淹没了全城。

路灯亮着微红,
苍鹰飞下了城堞,
在暮烟的白被中
紫色的钟山安歇。

寂寥的街巷内,
王侯大第的墙阴,
当的一声竹筒响,
是卖元宵的老人。

一九二五年五月十五日

(选自《草莽集》,1927年8月,上海开明书店)

端 阳

满城飘着艾叶的浓香；
两把菖蒲悬挂在门旁，
它们的犀利有如宝剑，
为要镇防五毒的猖狂。

这天酒里面都放雄黄，
家家无老少都拿酒尝；
儿童的额上画着王字；
喝不完的酒洒满一房。

孩子们穿着老虎衣裳，
粽子呀粽子，尽是呼娘，
娘，你带我瞧划龙船去，
好容易今天到了端阳！

一九二五年十一月十二日

（选自《草莽集》，1927年8月，上海开明书店）

日 色

灿烂呀
金黄的夕阳：
云天上幻出扇形，
仿佛羲和的车轮
慢慢的
沉没下西方。

秀茜呀
嫩绿的晚空：
这时候雨阵刚过，
槐林内残滴徐堕，
有暮蝉
嘶噪着清风。

富丽呀
猩红的朝暾：
绛霞铺满了青天，
晓风吹过树枝间，
露珠儿
摇颤着光明。

奇幻呀

善变的夕霞：

它好像肥皂水泡

什么颜色都变到，

又像秋，

染遍了枝枒。

苍凉呀

大漠的落日：

笔直的烟连着云，

人死了战马悲鸣，

北风起，

驱走着砂石。

阴森呀

被蚀的日头：

一圈白咬着太阳，

天同地漆黑无光，

只听到

鼓翼的鸥鹇。

一九二五年十二月二三日

（选自《草莽集》，1927年8月，上海开明书店）

猫 诰

有一只老猫十分的信神，
连梦里他都咕哝着念经。
想必是夜中捉老鼠太累，
如今正午了都还在酣睡。
幸亏他的公子过来呼唤，
怕父亲错过了鱼拌的饭。
他爬起来把身子摇几摇，
耸起后背伸了一个懒腰；
他的生性是极其爱清洁，
他拿一双手掌洗脸不歇。
现在离用膳还有半小时。
他想，教完子再去也不迟。
他吩咐小猫侍坐在堂下，
便正颜厉色的开始说话：
仁儿，你已到了及冠之年，
有光明的未来在你面前，
父总是希望子光大家门，
何况我猫家本来有名声？
我自惭一生与素餐为伍，
我如今只望你克绳祖武，
令我猫氏这大家不中落，
那我在泉下听了也快活。

第一我要谈猫氏的支分，
这些话你听了务必书绅：
我姓之起远在五千年上，
那时候三苗对尧舜反抗，
三苗便是我猫家的始祖，
他是大丈夫，不屈于威武。
但拿西方的科学来证明，
那猫姓的玄古更令人惊：
地质家说是我猫姓之起
离现在已经有五万世纪；
并且威名震四方的山王
都是我猫家的一个同房。
还有一别支是猫头鹰公，
他同我家祖上是把弟兄。
他们所以会结成了金兰，
是因眼睛同样的大而圆。
他在中州时郁郁不得意，
被一班迷信的人所远避，
气得追踪征西的班定远，
跑去了西域之西的雅典，
在那地方他的运气真好，
被主城的女神封作智鸟。
常言道东西的民族同源，
瞧我姓的沿革知非虚言。
我姓因为从三苗公起头
便同中国的帝王结了仇，
所以一直皆是卷而藏之，

将不求闻达的宗旨坚持。
猫家人才算得天之骄子,
那班白种人何足以语此:
因为他们把时计制造成,
不过是近百年来的事情,
但我们在这五百万年中
一直是用着计时的双瞳。
至于我猫家人蓄的短髭——
(说时候他摸嘴边的几丝;
仁儿也捏着新留的数根,
以表示自家是少年老成)
更算得一切医药的滥觞,
神农学了乖去便成帝王。
吁,小子!尔其慎志父之言,
庶先王之丕烈藉兹流传——
说到了此处时忽闻声响,
他停住了口不再朝下讲;
他的两眼中放射出光明,
屏着呼吸,不吐一丝声音。
有如,电光忽然照亮天空,
接着黑云又把天宇密封,
震撼全球的雷一声爆炸,
把摩云的古木立时打下:
同样,老猫跳去了箱子边,
一条老鼠已衔在牙缝间。
等到整条老鼠已经吞尽,
他又向着仁儿开始教训:

我猫家人个个谙习韬略,
只瞧我刚才的出如兔脱。
须知强权是近代的精神,
谈揖让便不能适者生存。
孔子虽曾三月不知肉味,
佛虽言杀生于人道有悖,
但是西方的科学在最近,
证明了肉质富有维他命。
并且受人之禄者忠其主,
家主养我们本来为擒鼠;
因为鼠虽然怕我们捉拿,
讲卫生的人类却极怕他。
我们于人类这般有功劳,
不料广东人居然会吃猫!
（注：不料精于味的广东人
居然赏识秀才变的酸丁。）
唉！负心的人今不少似古,
岂只是杀韩信的汉高祖?
所以我家主人如去广东,
那时候你切记着要罢工。
话才说到这里,忽闻呼唤,
原来是厨娘请去用午膳。
老猫停止了训诲,站起身,
小猫也垂着头在后紧跟。
行不多时,已经到了厨房：
有火腿同腌鱼悬挂走廊,
靠墙摆设着水缸与鸡笼,

有些枯菜的须撒在院中；
公鸡在瞅天，小鸡在奔跳，
母鸡哼的歌儿拖着长调，
群鹅有的伸颈，有的跛步，
一条狗来往的闻个不住；
锅里的青菜正在争论忙；
院中弥漫着炖肉的浓香。
老猫真不愧为大腹将军，
折冲樽俎时特别有精神。
不幸他们饭才吃了一半，
便有那条狗来到了身畔；
他毫不作礼的将猫挤走，
片时间鱼饭都卷进了口。
老猫直气得将两眼圆睁，
他一壁向狗呼，一壁退身。
小猫也跟着退出战阵外，
他恭听老猫最后的诰诫：
有一句话终身受用不竭，
便是老子说的大勇若怯！

一九二五年六月五至八日

（选自《草莽集》，1927年8月，上海开明书店）

| 朱湘作品精选 |

月　游

我骑着流星，
度过虹桥与天河，
向月宫走近，
想瞧不老的嫦娥。

水晶的宫殿
关闭着两扇红门。
有一棵桂树，
绿叶中漏下清芬。

园里梅树下，
一只兔子在捣霜；
白莲香气内
群鹅飘过了池塘。

妙龄的宫女，
还记得杨家玉环，
霓裳羽衣曲，
悠扬在宫殿中间。

老仆叫吴刚，
白须直垂到胸口；
他管修树枝，
一柄斧常拿在手。
他问知来意，

将我引进了深宫；
在白玉座前
我见了她的面容。

她不愁寒冷，
身披白狐的裘衣。
夏天餐百合，
冬天拿松子充饥。

我呈上贽仪，
这些是海里所藏：
大珠从龙颔，
小珠从鲛人眼眶；

我呈上贽仪，
这些是山中所拿：
银花鹿的皮，
还有麝香与象牙；

我呈上贽仪，
这些是地上所搜：
珍珠梅，碧桃，
木笔，梨花，与绣球。

我向她问道：
要是你不嫌罗唆，
我情愿晓得
你避太阳是为何？

太阳是金乌，

|朱湘作品精选|

九只里唯它独存，
它背着后羿，
在我的后面紧跟。
我又向她问
月亮圆缺的理由。
圆的是妆镜，
弯的是白玉帘钩。

她赠我月季，
花比美人还娇艳；
她赠我月饼，
霜作皮冰糖作馅。

象牙雕的车，
车前是一对绵羊，
是她送我的，
让我坐着回故乡。

我行过雪山，
行过冰川与云壑。
像一条白龙
瀑布从峰头坠落。

我的车翻了！
滑进了瀑流中间！
我忽然惊醒，
月光恰落在床前。

一九二五年十二月二十一日

（选自《草莽集》，1927年8月，上海开明书店）

还 乡

一

暮秋的田野上照着斜阳，
长的人影移过道路中央；
干枯了的叶子风中叹息，
飘落上还乡人旧的军装。
哇的一只乌鸦飞过人头；
鸦雏正在那边树上啁啾，
他们说是巢温，食粮也有，
为何父亲还在外面飘流？
金星与白烟向灶突上腾，
屋中响着一片菜的声音，
饭的浓香喷出大门之外：
看着家的妇女正等归人。
他的前头走来一个牧童，
牵着水牛行过道路当中，
牧童瞧见他时，一半害怕
一半好奇似的睁大双瞳。
他想起当初的年少儿郎，
弯弓跑马，真是意气扬扬；
他们投军，一同去到关外，
都化成了白骨死在边疆。

|朱湘作品精选|

一个庄家在他身侧过去，
面庞之上呈着一团乐趣；
瞧见他的时候却皱起眉，
拿敌视的眼光向他紧觑。
这也难怪：二十年前的他
瞧见兵的时候不也咬牙？
好在明天里面他就脱下，
脱下了军服来重作庄家。
青色的远峰间沉下太阳，
只有树梢挂着一线红光；
暮烟泛滥平了谷中，田上；
虫的声音叫得游子心伤。
看那，一棵白杨到了眼前，
一圈土墙围在树的下边；
虽说大门还是朝着他闭，
欢欣已经涨满他的心田。
他想母亲正在对着孤灯，
眼望灯花心念远行的人；
父亲正在瞧着茶叶的梗，
说是今天会有贵客登门。
他记起过门才半月的妻，
记起别离时候她的悲啼；
说不定她如今正在奇怪
为何今天尽是跳着眼皮。
想到这里时候一片心慌，
悲喜同时泛进他的胸膛，
他已经瞧不见眼前的路，

二十年的泪呀落下眼眶!

二

大门外的天光真正朦胧;
大门里的人也真正从容,
剥啄,剥啄,任你敲的多响,
你的声音只算敲进虚空。
一条狗在门内跟着高叫,
门越敲得响时狗也越闹;
等到人在外面不再敲门,
里边的狗也就停止喧噪。
谁呀?里边一丝弱的声浪
响出堂屋,如今正在阶上。
谁呀?外边是否投宿的人?
还是哪位高邻屈驾光降?
娘呀,是我,并非投宿的人;
我们这样贫穷哪有高邻?
(娘年老了,让我高声点说:)
我呀,我呀,我是娘的亲生!
儿吗?你出门了二十多年,
哪里还有活人存在世间?
哦,知道了,但娘穷苦的很,
哪有力量给你多烧纸钱?
儿呀,自你当兵死在他乡,
你的父亲妻子跟着身亡;
儿呀,你们三个抛得我苦,
留我一人在这世上悲伤!

· 56 ·

|朱湘作品精选|

娘呀，我并不是已亡的人！
你该听到刚才狗的呼声，
我越敲门它也叫得越响；
慢悠悠的才是叫着鬼魂。
儿呀，不料你是活着归来，
可怜媳妇当时吞错火柴！
儿呀，虽然等到你回乡里，
我的眼睛已经不得睁开！
让我拿起手来摸你一摸——
为何你的脸上瘦了许多？
儿呀，你听夜风吹过枯草，
还不走进门来歇下奔波？
柴门外的天气已经昏沉，
天空里面不见月亮与星，
只是在朦胧的光亮之内
瞧见草儿掩着两个荒坟。

一九二六年四月十一日

（选自《草莽集》，1927年8月，上海开明书店）

王 娇

一

上灯节已经来临，
满街上颤着灯的光明：
红的灯挂在门口，
五彩的龙灯抬过街心。

星斗布满了天空，
闪着光，也像许多灯笼。
灯烛光中的杨柳
白得与银丝的缕相同。

满城中锣鼓喧阗，
还有鞭爆声夹在中间，
游人的笑语嘈杂：
惊起了栖禽，飞舞高天。

黑暗里飘来花芳，
消溶进一片暖的衣香；
四下里钗环闪亮；
娇媚呈于喜悦的面庞。

听呀，听一声欢呼——
空中忽喷上许多白珠！
这是哪儿放焰火，

|朱湘作品精选|

还是陨星飘洒进虚无?
是在周侯府前头
扎起了一座五彩牌楼,
灯笼各样的都有,
烛光要燃到天亮方休:

便是在这儿放花,
便是在这儿起的喧哗——
但是欢笑声忽静,
原来新的花又已高拿。

他们再也不想睡,
他们被节令之酒灌醉;
笑谑悬挂在唇边,
他们的胸中欢乐腾沸。

但是烛渐渐烧残,
人的喉咙也渐渐叫干;
在灯稀了的深巷
已有回家的取道其间。

这是谁家的女郎?
她的脚步为何这样忙?
原来不是独行的,
还有两个女伴在身旁。

她们何以这般快?
哦,原来在五十步开外
有两个男子紧跟:
险哪!这巷中别无人在!

咦，她们未免多心：
你瞧那两个紧跟的人
已经走上前面去——
不好了！他们忽然停身！

他们拦住了去道，
凶横的脸上呈出狡笑；
他们想女子可欺，
走上前去居然要搂抱。

女郎锐声的呼号，
但是沉默紧围在周遭，
一点回响也没有——
只听得远方偶起喧嚣。

她们定归要堕网：
你看奸人又来了同党。
两个她们已不支，
添上三个时何堪设想？

三人内一个领头，
烛光下显得年少风流；
他哪是什么狂暴，
他是个女郎心的小偷！

从仆听他的指挥，
不去那两人的后面追，
只是恭敬的站着，
等候把三个女郎送回。

朱湘作品精选

"姐姐们请别害怕——"
他还没有说完这句话,
就张了口停住:呀!
他遇到了今世的冤家!

正站在他的面前——
这是凡人呀还是神仙?——
是一个妙龄女子;
她的脸像圆月挂中天。

额角上垂着汗珠,
它的晶莹真珠也不如;
面庞中泛着红晕,
好像鲛绡笼罩住珊瑚。

一双眼有夜的深,
转动时又有星的光明;
它们表现出欣喜,
表现出一团感谢的心。

"请问住在哪条街?
如何走进了这条巷来?
侥幸我刚才走过——
不送上府我决不离开。"

"这个是我的姨妹——"
她手指的女郎正拭泪:
"奇怪,不见了春香!"
春香原来躲在墙阴内。

好容易唤出巢窠，
出来时候仍自打哆唆；
哭的女郎笑起来，
她的主人也面露微涡。

等到过去了惊慌，
又多嘴："我家老爷姓王。
这是曹家姨小姐。
这是一家都爱的姑娘。

两位姑娘要看灯，
大家都抢着想跟出门；
早知道现在如此，
当时我也不会去相争。

贵姓还不曾请教？"
"我家周侯府谁不知道？
今夜不是有放花？
那就是少爷使的钱钞。"

杏花落上了身躯，
夜半的寒风正过墙隅。
"王家姐姐怕凉了。
我们尽站着岂非大愚？"

他跟在女郎身旁，
时时听到窸窣的衣裳：
女郎鬓边的茉莉
时时随了风送过清香。

|朱湘作品精选|

他故意脚步俄延，
惟愿这人家远在天边，
一百年也走不到——
不幸她的家已在眼前。
一声多谢进了门，
他们正要分开的时辰，
她转身又谢一眼——
哎！这一眼可摄了人魂！

一团热射进心胸，
脸上升起了两朵绯红——
等到他定睛细看，
女郎已经是无影无踪。

他慢腾腾的走开，
走不到三步，头又回来；
仆人彼此点头笑，
只在他两边跟着徘徊。

"女郎呀，你是花枝，
我是一条飘荡的游丝，
只要能黏附一刻，
就是吹断了我也不辞。

要说是你真有心，
为何你对我并不殷勤？
要说是你真无意，
为何眼睛里藏着深情？

可恨呀无路能通,
知道哪一天可以重逢?
牵牛星呀,我妒你,
我妒你偷窥她的房栊!"

"少爷,四边没有人,
你的这些话说给谁听?
天都亮了,回去罢,
你听东方业已有鸡鸣。"

二

时光真快,已到梅雨期中:
阴沉的毛雨飘拂着梧桐,
一夜里青苔爬上了阶砌,
卧房前整日的垂下帘栊。

稀疏的檐滴仿佛是秋声,
忧愁随着春寒来袭老人;
何况妻子在十年前亡去,
今日里正逢着她的忌辰。

十年前正是这样的一天,
在傍晚,蚯蚓嘶鸣庭院间,
偶尔有凉风来撼动窗楹,
他们永别于暗淡的灯前。

他还历历记得那时的妻:
一阵红潮上来,忽睁眼皮,
接着喉咙里发响声,沉寂——

颤摇的影子在墙上面移。
三十年的夫妻终得分开,
在冷雨凄风里就此葬埋;
爱随她埋起了,苦却没有,
苦随了春寒依旧每年来。

还好她留下了一个女娃,
晶莹如月,娇艳又像春花;
并且相貌同母亲是一样,
看见女儿时就如对着她。

虽然貌美,并不鄙弃家常,
光明随了她到任何地方:
好像流萤从野塘上飞过,
白蘋绿藻都跟着有辉光。

他因为是武官,并且年高,
一切的文书都教她捉刀:
这又像流萤低能趁磷火,
高也能同星并挂在青霄。

她好比柱子支撑起倾斜,
有了这女儿他才少苦些,
不然他早已随了妻子去,
正这样想时,门口一声:"爹,

信写成了。爹怎么又泪悬?
老人的情绪经不起摧残。
爹难道忘了娘临终的话?
爹苦时娘在地下也不安!"

"咳，娇儿，泪不能止住它流；
你来了，我倒宽去一半愁。
信写成了？拿过来给我看。
是军事，立刻要差人去投。

咳，为这个我忙到六十余，
但至今还是名与利皆虚；
只瞧着一班轻薄的年少，
驾起了车马，修起了门闾。

如今是老了，好胜心已无；
从前年少时候胆气却粗，
那时我常常拍着案高叫：
'我比起他们来哪样不如？'

她那时总劝我别得罪人，
总拿话来宽慰，教我小心——
咳，人已去了世，后悔何及？
当时我竟常拿她把气平！

等我气平了向她把罪赔，
她只说：'以往的事不能追；
雷呀，脾气大了要吃亏的，
我望你今天是最后一回。'"

女儿说："这种时候并不多，
爹何必为它将自己折磨？
听说当时娶娘来很有趣，
爹向我谈谈到底是如何？"

光明忽闪出深陷的眼眶,
老人的目前涌现一女郎,
他那时正年少,箭在弦上,
从空中射落了白鸽一双;

养鸽的人家对他表惊奇,
没有要赔,并且毫不迟疑
把喂这一双鸽子的幼女,
嫁给了射鸽子的人作妻。

他想起了闺房里的温柔,
想起了卅年的同乐同忧,
想起了妻子添女的那夜,
他多么喜,又多么为妻愁。

这些他都说给了女儿听;
他还说当初给女儿定名,
争了大半天才把它定妥,
因为他的意思要叫昭君。

他又说:"娘生你的那一天,
梦见一只鸾在天半翩跹,
西落的太阳照在毛羽上,
青中现红色,与云彩争鲜;

颈上有一个同心结下垂,
是红丝打的;她一面高飞,
一面在空中啭她的巧舌,
那声音就像仙女把箫吹。

忽然漫天的刮起一阵风，
把鸟吹落在你娘的当胸，
她大吃一惊，从梦里醒转；
便是如此，你进了人世中。

你小时无人见了不喜欢，
抓周时你拿起书同尺玩，
我最爱你那时手背的凹，
同嘴唇中间娇媚的弓弯。

到五岁上娘就教你读书，
真聪明，背得一点不模糊，
我还记得在灯檠的光下，
你们母女同把诗句咿唔。

你娘同我们撒手的那时，
你才九岁，还是一片娇痴。
唉，那刻妻子去了孩儿小，
我心中的难受哪有人知！

从此只留下父女两个人，
同受惊慌，彼此安慰心魂。
幸喜三载前你年交十六，
已能帮曹姨把家务分承。

知名的闺秀古代也寥寥，
武的只有木兰，文的班昭；
但是谁像你这般通文墨，
家中的事务也可以操劳？

|朱湘作品精选|

担子这般重总愁你难驮,
我已请了一个书吏,姓何,
从明天起你就可以停下,
免得光阴都在这里消磨。

你如今已到待字的年华,
男大须婚,女大须定人家。
门户不谈,人品总要端正,
但一班的少年只见浮夸。

武职是大家轻视的官差,
几时看见媒人上我门来?
不管你才情、也不管容貌,
钱,你有了钱别人就眼开。

你身上我决不放松一些,
我不情愿你将来埋怨爹,
我要寻配得上你的佳婿,
文才不让你,人也要不邪。

我无时不将此事记在心,
我常常记着你娘的叮咛,
她说:'我们只生了一个女,
这个女儿别配错了婚姻。'

你是明白的,总该会思量,
这桩事我正想与你相商:
不知道我家的亲戚里面,
可有中你心意的少年郎?"

她听到这些话十分害羞,
只是低下颈子来略摇头,
答道:"爹,不要再谈这些话,
除了侍候爹我更无所求。"

"也真的:拿你嫁这种人家,
就好比拿凤凰去配乌鸦。
我何尝不情愿你在身侧——
总得找人来培养这枝花。"

"女儿也看过些野史诗篇,
无处不逢到薄命的红颜;
何况爹老了,又孤单的很,
我只要常跟在爹的身边。"

一颗颗的泪点滴下白须,
他哽咽着说:"娇儿,你太迂。
你年纪大了,我怎能留住?
只望你们别将我弃屋隅。"

房里寂然,只闻父女同悲;
疏疏的春雨轻洒着门扉,
不知是湖边,还是云雾里,
杜鹃凄恻的叫过,不如归!

三

南风来了,梅雨驱散,
天的颜色显得澄鲜,
绿荫密得如同帷幔,

|朱湘作品精选|

蝉声闹在绿荫里边，
太阳把金光乱洒下人间。

麦田里边翻着金浪，
四周绕着青的远峰，
鸟在林内齐声歌唱，
豆花的香随了暖风，
吹遍了一片田野的当中。

乡下的原野越热闹，
城中的庭院越清幽：
一树浓荫将它笼罩，
竹帘上绿影往来游，
只偶尔有蜂向窗槅上投。

从房顶的明瓦里面，
偷下来了一条日光，
这条日光移得真慢，
光中群动无声的忙；
幽暗里钻出来一缕炉香。

书案边静坐着女郎；
一阵困倦侵入胸内，
幻影在她前面飞扬，
水在壶中单调的沸，
暖风轻轻拂来，催她入睡。

忽听得男子的脚步，
她忙把已落的头抬；
她想起父亲的嘱咐，

忙把已闭的眼睁开，
替她的书吏是在今天来。

她瞧见书吏的模样，
不觉心中暗吃一惊，
这正是灯节的晚上
把她救了的少年人：
她迟疑的问道："尊姓大名？"

"我的名字是何文迈。"
"这口音与那晚正同！"
她见仆人走出房外，
不觉腮中晕起微红，
但在外面还假装出从容。

她等书吏坐了，问道：
"周家公子是个贵人，
为何把富与贵扔掉，
不肯在侯府作郎君，
卑躬折节的来光降蓬门？"

"既知道了何必遮掩？
这都是为你呀，女郎。
我自从那夜里相见，
回了家后饮食俱忘。
我连作梦都想着来身旁。

形骸看着消瘦下去，
精神一天弱似一天。
不见时活着觉无趣；

朱湘作品精选

如今见了才像从前。
女郎呀,你总该可以垂怜?"

"公子这样家中跑出,
难道是忘记了爹妈?
说不定他们正在哭,
急得把天呼,把发抓,
怕公子去世了,永不回家。

又难道忘记了身份?
书吏的事情作得来?
竟为女子荒废学问,
把无量的前程扔开?
回去罢,请别在这里延捱。

我不是公子的朋友——
可恨我生来是女身。
可怕呀,悠悠的众口。
何况我要侍奉父亲。
回去罢,请别在这里留停。"

"教我离开未尝不可,
我不愿使你担恐慌:
但我不见得能多活,
到那时万一我死亡。
即非有心呀你岂不悲伤?

死去了也未尝不好,
只要你珠泪为我流;
然而活着岂不更妙?

· 73 ·

女郎呀，别转过双眸。
除了相见外我另无所求。"

他见女郎一声不应，
知道她已经不留难，
这不作声便是默认，
他真说不出的喜欢。
他问道："我来府上的时间

以为先与令尊相见——"
"从前我替爹管文书；
侥幸今天卸了重担，
从此我不须费功夫，
再来这面书房里把鸦涂。"

"原来姐的文墨也妙，
那我真要拜作先生：
我自然不敢当逸少，
但姐真不愧卫夫人。
请容我永远拜倒在师门。"

浅的笑涡呈在双颊，
她说不出来的娇羞。
他们都觉得没有话，
都向窗外转过了头，
他们望蛛丝在日光里游。

他们瞧见一双蝴蝶，
忽高忽下，追着游嬉。
飞得高，便上了蕉叶；

飞得低，便与地相齐。
只可惜不闻它们的笑啼。

她转身望周生一眼，
不料周生正在瞧她；
绯红晕上了她的脸，
心中懊悔事情作差，
匆匆的出了房，推说绣花。
他望着女郎的后影，
女郎的罗袜与金钗。
他的心中又喜又闷：
闷的是何时她再来，
喜的是情已进了她胸怀。

四

巧夕已经到了夜半，
王娇还在倚着楼窗。
她抬头，见双星灿烂；
低头，见叶里的灯光。

杨柳枝低下头微喟，
幽静里飘过一丝风；
偶听到鱼儿跃池内。
沉寂将她催进梦中。

她梦见天孙是自己，
面对着汹涌的银河，
河的两头连到云里，
时有流星落进洪波。

一座桥横跨在河上，
白石地，檀木的阑干。
喜鹊在桥楼上欢唱，
一盏红灯悬挂楼前。

心在胸口蓬蓬的跳，
她要知道牛郎是谁。
她依稀听得有牛叫，
她打开南向的窗扉。

远方不是一团黑影？
近了，近了，还是模糊。
等到形貌依稀可认，
她不禁失了声惊呼，

"这不是——""是我呀，小姐。
我便是小姐的春香。"
她睁眼见丫鬟，并且——
周生也当真在前方！

"春香，这是醒呀是梦？"
春香不答，只是嘻嘻。
她再看周生，也不动，
只是不安的把头低。

闪电般她恍然大悟，
心在胸中又跳起来；
惊慌，懊恼，羞惭，愤怒，
同时呈上她的双腮。

她把丫头严加申斥，
说她不该引进生人；
她又责周生不老实，
责他是轻薄的书生。

她说："我当初是怜惜，
不料如今你竟忘怀。
我的为难你不思及，
你竟忍心进我房来。"

丫鬟挨了骂，撅起嘴，
"这都是你闯祸，少爷。
如今好了：唉，我的腿
到明天一定要打瘸。"

周公子也埋怨丫头：
"谁教你说姑娘有意？
不然，我怎会来绣楼？
你真能忍心将人戏。"

"我的言语哪句不真？
谁向你这种人撒谎？
去罢，去罢。如今怨人，
是假的当初怎不讲？

瞧，瞧，你又不肯下楼。
瞧那尊容上的怪相。"
"不，不，我要问清原由，
免得姑娘说我轻荡。

不用忙。你先将气平。
话是真的不妨再说。
我问你：姑娘可有心？
我可是冒昧来闺阁？"

一则埋怨小姐装乔，
二则恐慌已经过去，
这丫鬟又开始唠叨，
她把从前的事详叙：

"小姐，你已经忘记掉：
那早晨我替你梳妆，
你一边拿着铜镜照，
一边瞧镜里的面庞。

你问我，眼睛没有转，
'春香，你瞧我该配谁？'
我说'师爷，可惜穷点。'
你红着脸一语不回。

一晚我从床上滚下，
正摸着碰疼了的头，
忽然听到你说梦话，
别的不闻，只听说，'周……'"
如今是轮到她羞缩，
轮到她红脸，把头低；
但是丫鬟不顾，续说：
"我从那时起就心疑。

直到今天听见他讲，

才知小侯爷作书班，
才知何文迈是撒谎；
到了今天我才恍然，

到了今天我才知悉，
为什么有时你睡迟，
一个人对着灯叹息，
手里拿着笔写新诗。"

女郎听着，又羞又恼，
呵丫头，"还不去后房！"
但是同时又改口道，
"等在这里，我的春香。"

"我还是先去后房睡：
省得明早又像从前，
你起床了，朝着我啐，
'瞌睡虫，别尽着贪眠！'"

房中只剩他们两个。
她垂下头，身倚窗棂；
她的胸膛几乎涨破，
惊慌充满了她的心。

他定了神四下观望，
瞧见蜡烛只剩残辉，
瞧见睡鞋放在椅上，
瞧见垂下了的床帷。

偶有灯蛾想进窗内，

· 79 ·

静中只闻心跳蓬蓬。
鸭兽与脂粉的香味
时时随风钻进鼻中。

他推窗,见双星在空,
闭窗,对娇羞的美人。
她依然站着,没有动,
但是觉到他的微温。

五

王娇的妆楼还在开着窗,
中秋夜里将阑的月色,
照见一双人倚在楼侧,
楼板上映着窗影的斜方。
空中疾行过浑圆的月球;
银雾里立着亭台花木,
桂树的影在根旁静伏,
桂花香到深夜分外清幽。

女郎怕冷,斜靠着他的肩,
温热与情在她的胸内,
眼睛半开半闭的将睡,
如梦的情话响在他耳边。

"你已经累了。"他说时侧身,
把她如绵的身躯抱起;
转身时候忽见房门启,
门缝后探进来一个女人。

朱湘作品精选

他惊得放下了女郎,"是谁?"
她也立刻从梦中醒转,
"曹姨来了!时间这么晚……"
没有说完,她的头已低垂。

公子也红着脸,不敢抬头。
有一桩事令他最难过,
就是,女郎并不曾作错,
但如今为他的缘故蒙羞。

反是曹姨先向他们开言:
"当时我瞧着心里奇怪,
果然不出我的意料外。
但请放心,我所以来这边,

不过是有点替娇儿担惊,
因为这样终归不是了。
万一事情被父亲知晓,
年老的人岂不加倍伤心?

你们两个真是女貌郎才,
难怪娇儿向来不心动,
遇到周公子也入了瓮,
公子也扔了家来作书差。

不用瞧:你们的这段姻缘
我是从春香处打听到。"
说到这里,她就开玩笑:
"我的痴儿,你怎能将我瞒?

春天我常看见你倚楼窗，
手弄绿珠串般的杨柳；
举目呆望着白云流走，
一刻又支腮，俯首看鸳鸯。

夏天我见你比前更丰腴，
你的面庞荷花样饱满，
你的颜色荷花样娇艳，
但对着南风常听你轻吁。

秋天高了，你也跟着长高，
你的双乳隆起在胸上，
你像入秋更明的月亮，
但已无春天雾里的娇娆。

你怎能瞒过我，痴的女娃？
我今晚来想把你们劝。
我并不是要你们分散，
但是我劝周公子快回家。

回家后却不要将她丢开——
瞧你这人倒不像心狠。
你须把详情向父母禀，
立即请媒人上我家门来。

你失踪了，一定急坏爷娘。
自家的孩儿既然顾惜，
（娇儿又是受你的威逼，）
想必不会害人家的女郎。

娇儿，你淑妹正少些嫁衣，
你的针黹好，我要奉托
你替她缝些；等你出阁，
她自然也能帮着你作齐。
我去了。你们望一夜月圆，
到明天却不要愁它缺：
只要你们的相思不灭，
教圆月重辉并不算为难。"

如今还是他们俩在房中。
稀疏的柳影移上楼板，
柝声在秋夜分外凄惨，
从园里偶尔吹进来冷风。

她眼眶中含着泪珠晶莹，
她靠在周生肩上微抖，
"两人的恩爱从此撒手？
难道我七夕作的梦当真？

唉，牛郎同织女虽然隔河，
还能每年中相逢一面；
我们怕从此不能再见，
孤零的，我要从此作嫦娥。

我如今只觉得一片心慌。
唉，我的一生从此断送！
爹爹知道了岂不心痛？
到了那时候我作何主张？"

"娇，你以为我会那般薄情？

我可以当着太阴赌咒，
将来决不把你抛脑后。
你们作证呀，过往的神明！"

"你千万不要以为我生疑，
我知道你对我是相恋。
但你的双亲作何主见？
万一他们要你另娶佳妻？"

"娘疼我，父亲却一毫不松，
但我要发誓非你不娶；
万一他逼我更改主意，
我就要私逃来你的家中。

我要向岳父将一切说明，
将过错揽来我的身上。
那时我们便能长偎傍，
不愁别，也不须吊胆提心。

你瞧月亮已经落下西山，
铜盘里盛满红的蜡泪，
知道要何时才能再会？
娇呀，别尽着在窗侧盘桓。"

六

晚秋的斜阳照在东壁上；
墙阴里嘶着秋虫的声浪；
枯枝间偶尔飘进一丝风，
把剩余的黄叶吹落院中。

· 84 ·

王娇的胸中充满了悲哀,
她是从姨妹的婚礼回来。
她记得昨夜锣鼓的铿锵,
花香与粉气弥漫了全堂,
宫灯的闪烁——但化成轻烟,
飘入了愁云凝结的今天。
记得辞别新人的归途里,
父亲把她出嫁的事提起,
她忍不住在车里哭出声。
父亲不知道她已有情人,
也不知道她已经怀了胎,
尽等周公子总是不见来,
昨天派孙虎去侯府找他,
不知道今天可能够回家。
万一他被逼或是变了心,
她拿什么见爹爹与六亲?
但她的父亲不知道这些,
只是将坐骑靠近她的车,
"小娇呀,你的心我也深知,
我决不让你耽误了芳时。"
他还另外拿了些话安慰,
哪晓得更勾起她的愧悔。
到家后又提起她的亡母,
重数父女同尝过的辛苦;
不知她多一重苦在心头,
想开口又不能,只是泪流。
她不情愿父亲过于伤心,

出了书房,如今走过后庭。
但是院中的房已经空虚,
因曹姨搬去了婿家同居。
她一边走,一边想起当初,
曹姨中年守寡,家无寸储;
她还记得曹姨来的那天,
她正在掐染指甲的凤仙,
看见曹姨带着一个女娃,
有三岁,她忙跑去告诉妈。
从此她有姨妹陪着游玩。
还记得有一次同放纸鸢,
都断了线;她的飞进天空,
姨妹的落上了一棵青松。
甜美的童年便如此飞度,
直到四年后她的娘亡故。
是她亲眼瞧着姨妹长大,
是她亲眼瞧着姨妹出嫁;
但是她自己呢?怀孕在身,
孩子的爹还不知是何人!
她记起昨夜晚遇见曹姨,
低声问周家已否来聘妻。
她要不是瞧着宾客满堂,
真想抱起曹姨来哭一场。
她瞧周生并不像负心汉,
但为何一月来音信俱断?
最伤她心的是对不起爹:
他一向知道女孩儿不邪,

才肯让她与男子们周旋，
在她也是向来处之淡然；
说也奇怪，惟独遇到周生，
她心里才头次种下情根。
灯节的相救，初夏的重逢，
夏日的斋内，巧夕的楼中，
来得又快又奇，与梦无异，
令她眼花缭乱，毫无主意。
这都不能怪她，这都是天。
她这样想时，已到了楼前。
她瞧见孙虎头扎着白巾，
在楼下，她不觉大吃一惊。
她晓得事情是吉少凶多，
不觉浑身之上打起哆唆；
但在外面还不露出悲哀，
只教孙虎悄悄跟上楼来，
把一切详情说与她知道。
他的头打破了，是和谁闹？
周公子父亲的意思怎般？
他从怀内拿出一只玉环，
交给她，说道："小姐还要听？
不怕听到了我的话伤心？
那么我就讲。昨天的上午
我拜别了姑娘去到侯府，
没向门房说是小姐所差，
只说是王家少爷派我来，
有紧急的事要当面见他。

他瞧见我的时候，惊呼，'呀，
是你！'他把当差遣出书房，
重新向我说：'你家的姑娘
好吗？我这一向因为事多——'
哼，什么事！不过是讨老婆。"
王娇道，"什么？""小姐别伤心，
这负心汉已经另娶了亲。
我当时真气，说：'你问自己，
她好不？小姐哪桩辜负你，
你居然能够忍心把她抛，
消息毫无，使她日夜心焦？
你自己问良心，这可应该？
今天是她差我上贵府来，
问问你没有消息的缘由。'
他听到说，假装皱起眉头，
咳声叹声，连我都当是真，
他说：'想不到天意不由人。
我自从离开府上回了家，
一心指望即日娶过娇娃；
哪知道我的父亲不允许。
他说，一个小武官的闺女
怎么同我的儿子配得来？
这给人听到嘴不要笑歪？
并且这女孩子本来轻佻，
不是她抛头露面的招摇，
我的儿子怎会陷入网中？
那父亲也未免家教太松，

不算小户了，却无个内外；
如今好了，女儿为他所害。
我决不情愿被叫作糊涂，
何况我家祖上受过丹书，
我决不让儿子这样成婚，
被人家传出去当作新闻。
娘，她见我回了家，真喜欢，
并且女子的心肠软似男，
她总劝父亲顺我的意思。
他与娘不知闹过多少次。
我知道他的心无法可回。
就趁了一晚风呼呼在吹，
偷着翻过花园想逃出去。
哪知正翻时与更夫相遇。
更夫怕我逃了，父亲治他，
连忙把我的两条腿紧抓，
任我百般哀求，都不放松。
他把我送回去了书房中，
在书房外守了一个通宵，
怕我得到旁的空又偷逃。
第二天早上他禀知父亲，
父亲听到时候，大发雷霆，
亲自拿棍子打了我一顿，
教两个当差的将我监禁，
并且教他们日夜里巡逻。
他一面又派人去找媒婆，
打听哪个官府里有姑娘。

唉，我被两个人监在书房，
就是想偷跑也无路可通，
况且父亲拷打得那般凶，
你想除顺从外有何方法？'
　'只怪我家小姐当时眼瞎，
认识了你这个负心的人，
使得她如今进退都不能。'
　'把气平下，让我们慢慢谈，
瞧可有方法打通这难关。'
　'想方法？那还不十分容易？
你当时既有偷逃的胆气，
现在何不也一逃以了之？'
　'唉，你晓得如今不比当时，
如今我已娶了妻子在家，
我跑了时如何对得起她？'
我一听不由得气满胸膛，
大声叫道，'那么我家姑娘
你对得起吗？'他说：'你息怒。
我也并非愿意将她辜负，
只不过父亲的严命难违。
已往的事如今也不能追，
让我们想可能亡羊补牢。'
说着话，他找出黄金十条，
　'这送你家的小姐作妆奁；'
他同时又把手探进胸前，
拿出我交给小姐的玉环，
　'这是她送我的，如今奉还。

你向她说我是无福的人，
只望她嫁一个好的郎君。'
'什么！你把我家小姐丢开？
那么当时谁教你骗她来？
这玉环是她的，我要带回，
免得宝物扔上了粪土堆。
谁希罕你的金子？真笑话！'
我气得把它们扔在地下，
'我孙虎都不希罕这黄金，
何况我家小姐金玉为心？
别的不提，骗了我家姑娘，
一切纠葛就要由你承当。
现在她腹中已经有了喜，
她在家一天到晚的候你，
候你去认为这孩子的爹。
你难道良心都没有一些，
能够坐着看她被别人羞，
看她下水，你不肯略回头？'
'娶她过来作妾，你瞧怎样？'
听到此，我的气直朝上撞，
'什么！你敢污辱我家千金？
我今天要舍了命同你拼。
你这畜生！我家老爷的官
虽然不大，也是朝廷所颁，
我家小姐怎与人作偏房？

我孙虎也吃过皇家的粮,
这口气教我如何忍得下?'
我一边这样的把他大骂,
一边要捶他。那怯汉高呼,
　'张千,张千,快抓住这强徒!'
呼声惊动了房外的当差,
他连忙入内把我们挡开。
我冲了几次都没有冲过,
反被那厮把我的头打破。
唉,年纪老了,什么都不中。
要像当年那般破阵冲锋,
不说一个,十个我也打翻;
我早抠出那小子的心肝,
一把抓过来献上给小姐,
教人知道王家并不好惹!
唉,年纪大了,什么都不行。"
说到此,他的泪落满衣襟,
　"唉,老爷立下过多少功劳,
都是因为他的生性孤高,
不肯弯下腰去阿附上司,
才这样穷;但他毫无怨辞。
想不到虎落平阳被犬欺,
姑娘又遇到这个坏东西。
并且他是我头次引来家,
我恨不得一把将他紧抓,

撕成两片,心里面才痛快。"
老仆人这时汗迸出脸外,
一根根的筋在额角紧张,
光明发射出已陷的眼眶,
喉咙里呼噜的尽作响声,
愤怒如今充满他的灵魂。
王娇一语不发,只是泪流,
她抬起了已经垂下的头,
颤声的说:"你不须将气动,
与这班人动气也不中用。
你的头新破,经不起悲伤,
歇歇去罢。这回累你多忙。
等到你的头休养好了时,
我们再商量办法也不迟。"
女郎呀,你何尝要想法来?
你不过是将老仆人支开,
怕他年纪大,经不起伤心。
你已将自家的命运看清。
你如今知道了那个兆头
何以有红丝缠绕在咽喉,
你如今知道了那同心结
你因之而生,也因之而灭。
看哪:墙头已不见太阳光,
只有些愁云凝结在穹苍;
主宰这人间的换了黑暗。

我听到了你的一声长叹，
床头的窸窣，扣颈的声音，
喉中发过响后，便是凄清。
去了，去了，痴情逃上九天，
如今只有虚伪蟠踞人间！

七

白烛摇颤着青色的光明，
女郎的灵柩在白帷里停。
黑暗与沉默笼罩住世界，
天空里面瞧不见一颗星。

春日的百花卷起了芬馨；
夏天去了，鸟儿不再和鸣；
辞了枝的秋叶入土安息；
河水在严冬内结成坚冰。

听哪，是何人手抚着亡灵，
在白帷后倾吐他的哀音？
哭声在夜里听来分外惨。
可怜哪，你这丧女的父亲！

更可怜哪，连哭都不成声，
因为他是六十开外的人，
只有一声声的抽噎发出，
表示他已经碎了的灵魂。

"娇儿呀,你竟忍心与我分?
现在更有谁慰我的朝昏?
这世间的事情说来奇怪:
要上了年纪的人哭后生!
娇儿呀,你何不说出真情,
只是闷着,一人受恐担惊?
都是我作父亲的害了你:
谁教我耽误了你的青春?

娇儿呀,我怕误了你终身,
才将你的事耽搁到如今;
娇儿呀,你不要埋怨我罢,
你要知道我已经够伤心!

妻子去了,女儿也已归阴。
我在人世上从此是孤零,
这样生活着有什么滋味?
等着罢,等我与你们同行!"

回答他哭声的只有凄清。
灵帷上摇颤过一线波纹,
接着许多落叶洒上窗纸,
树枝间醒起了风的悲吟。

一九二六年一月十九至二十二日

(选自《草莽集》,1927年8月,上海开明书店)

梦

这人生内岂惟梦是虚空？
人生比起梦来有何不同？
你瞧富贵繁华入了荒冢；
梦罢，
作到了好梦呀味也深浓！

酸辛充满了这人世之中，
美人的脸不常春花样红，
就是春花也怕飞霜结冻；
梦罢，
梦境里的花呀没有严冬！

水样清的月光漏下苍松，
山寺内舒徐的敲着夜钟，
梦一般的泉声在远方动；
梦罢，
月光里的梦呀趣味无穷！

酒样酽的花香熏得人慵，
蜜蜂在花枝上尽着嘤喻，
一阵阵的暖风向窗内送；
梦罢，
日光里的梦呀其乐融融！

| 朱湘作品精选 |

茔圹之内一点声息不通,
青色的圹灯光照亮朦胧,
黄土的人马在四边环拱;
梦罢,
坟墓里的梦呀无尽无终!

一九二六年四月十二日

(选自《草莽集》,1927年8月,上海开明书店)

歌

谁见过黄瘦的花
累累结成硕果?
池沼中只有鱼虾,
不是藏蛟之所。
人不曾有过青春,
像花开,不盛,
像水长,不深,
不要想丰富的秋分!

太阳射下了金光,
照着花开满地;
春雨洒上了新秧,
田中一片绿意。
培养生命要爱情;
它比水还润,
比日光还温,
沾着它的无不茂生。

(选自《石门集》,1934年6月,上海商务印书馆)

|朱湘作品精选|

哭城·内战事实

他想爬上城楼,向了四方
瞧瞧可有生路能够逃亡,
但是他的四肢十分疲弱——
长城!他不如鸟雀在苍苍
还能自在的飞翔。

他的身边已经没有余粮;
饿得紧时,便拿黄土填肠——
那有树皮吃的还算洪福——
长城!不要看他大腹郎当,
看他的面瘦肌黄!

无边的原野上烤着炎阳,
没有一围树影能够遮藏;
等太阳在你的西头落下,
长城!那北风接着又猖狂,
连你都无法提防。

筑城的人已经辛苦备尝,
筑城人的子孙又在遭殃……
你看罢,等我们一齐死尽,
长城!那时候你独立边疆,
看谁来陪伴凄凉!

如今你看不见李广摇缰,
看不见哥舒的旗旆飘扬——
与其后来看见胡人入塞,
长城!你还不如倒下山岗,
连我也葬在中央……

(选自《石门集》,1934年6月,上海商务印书馆)

|朱湘作品精选|

恳　求

天河明亮在杨柳梢头，
隔断了相思的织女，牵牛；
不料我们聚首，
女郎呀，你还要含羞……
好，你且含羞；
一旦间我们也阻隔河流，
那时候
要重逢你也无由！
你不能怪我热情沸腾；

只能怪你自家生得迷人。
你的温柔口吻，
女郎呀，可以让风亲，
树影往来亲，
唯独在我捱上前的时辰，
低声问，
你偏是摇手频频。

马缨在夏夜喷吐芬芳，
那秾郁有如渍汗的肌香……
连月姊都心痒，
女郎呀，你看她疾翔，
向情人疾翔——

谁料你还不如月里孤孀,

今晚上

你竟将回去空房!

(选自《石门集》,1934年6月,上海商务印书馆)

|朱湘作品精选|

洋

瀑布只知喧嚣它的长舌；
湖泽迂滞；小河跳过白沙，
浅才及绿氤氲下的竹爪；
大江，似蛟，挟石冲下雪山，
穿鞿鞴作声的暗洞，深穴，
乱山中撞开一峡，到平原，
宽广、舒徐的始流入东海——
唯有，洋！终古你面对碧空；
挟南极雪岭冰峰下的水，
辉映着棕榈，鳄鱼的炎阳，
在北斗光中扇白风凌乱。
你吞有天下之半而无声；
紫浪，雍容的，涵养十万里。
当鳌掉尾在百纪梦回时，
大地惊颤，张开口吻无底，
将胆色之涎，将赤焰狂喷——
但是你无损。你流览鲸树
吐发着珠花以为乐；珊瑚
林木般茂生在你的山，岛——
帝王家一茎已为宝，真穷；
还有珍珠斗大，莹圆似月，
悬在龙宫；宫前来往星鱼……

谁料到，你竟能包罗珍怪
在连天一碧中？更足惊奇，
你胸藏有太古来的秘密——
曾在共工断柱时你窥天
得其玄秘；及后女娲补罅
以肖七色虹的彩石，她思
启示地子以开辟之奥义，
乃日留金孔，银的在夜间，
雷雨时，画蝌蚪形的文字……
终惜地子目弱不能穿光，
愚蒙又不识字；茫茫万载，
解宇宙之谜的竟无其人。
洋！唯你认识天国之璀璨；
风，雷，水，火的变化与循环；
地之运周；生命有何归宿……
我愿，在乌云幕遮起太空，
人间世只听到鼾呼时候，
伴你无眠，潜行峭壁危岩，
听你广长舌的潮音自语！

（选自《石门集》，1934年6月，上海商务印书馆）

|朱湘作品精选|

祷 日

是曙光么,那天涯的一线?
终有这一天,黑暗与溷浊
退避了,那偷儿自门户前
猛望见天之巨日而隐匿
去他的巢穴;由睡梦中醒
起了室中的人,行入郊野,
望闳伟的朝云在太空上
建筑黄金的宫殿,听颂歌
百音繁会着,有如那一天,
天宫上,在光轮的火焰内,
凤凰率引了他们,应钟鼓和鸣?

这真是曙光?我们等,
曙光呀,我们也等得久了!
我们曾经看到过同样的
一闪,振臂高呼过;但那是
远村被灾,啼声,我们当作
晨鸡的,不过是"颠沛"号呼
于黑夜!这丝恍惚的光亮,
像否当初,只是洪水东来,
在起伏的波头微光隐约,
不仅祛除无望,且将挟了

强暴来助黑暗,淹没五岳
三川,禹治的三川?

如我们
是夜枭,见阳光便成盲瞽,
唯喜居黑暗,在一切夜游
不敢现形于日光下之物
出来了的时候,丑啼怪笑——
望蝙蝠作无声之舞;青燐
光内,坟墓张开了它们的
含藏着腐朽的口吻,哇出
行动的白骨;鬼影,不沾地,
遮藏的漂浮着;以及僵尸,
森林的柏影般,跨步荒原,
搜寻饮食;披红衣的女魅
有狐狸,那拜月的,吸精髓
枯人的白骨,还要在骨上
刻划成奇异的赤花,黑朵
作为饰物,佩带在腰腋间……

那便洪水来淹没了我们
也无怨:因为丑恶,与横暴,
与虚萎,本是应该荡涤的。
但燧人氏是我们的父亲,
女娲是母,她曾经拿彩石
补过天,共工所撞破的天,
使得逃自后羿箭锋下的
仅存的"光与热"尚能普照

|朱湘作品精选|

这泰山之下的邦家；黑暗，
永无希望再光华的黑暗，
怎能为做过灿烂之梦的
我们这族裔所甘心？

日啊！
日啊！升上罢！玄天覆盖着
黄地；肃杀的秋，蛰眠的冬
只是春之先导；漫漫长夜，
难道终没有破晓的时光？
如其是天狗……那就教羲和
惊起四万万的铜铙，战退
那光明之敌！

日啊，升上罢！

（选自《石门集》，1934年6月，上海商务印书馆）

泛 海

我要乘船舶高航

在这汪洋——

看浪花丛簇

似白鸥升没。

看波澜似龙脊低昂；

还有鲸雏

戏洪涛跳掷颠狂。

我要操一叶扁舟

海底穷搜——

水黄如金屋。

就中藏宝物；

水蔚蓝蕴碧玉青璆；

沫溅珍珠；

耀珊瑚日落西流。

我要拿大海为家——

月放灯花；

碧落为营幕。

流苏缀星宿；

绡帐前龙女拨琵琶；

酾酒高呼。

任天风播人无涯！

（选自《石门集》，1934年6月，上海商务印书馆）

扪 心

唯有夜半,
人间世皆已入睡的时光,
我才能与心相对,
把人人我我细数端详。

白昼为虚伪所主管,
那时,心睡了,
在世间我只是一个聋盲;
那时,我走的道路
都任随着环境主张。

人声扰攘,
不如这一两声狗叫汪汪——
至少它不会可亲反杀,
想诅咒时却满口褒扬!

最可悲的是
众生已把虚伪遗忘;
他们忘了台下有人牵线,
自家是傀儡登场,
笑,啼都是环境在撮弄,
并非发自他的胸膛。

这一番体悟
我自家不要也遗忘……

听,那邻人在呓语;

他又何尝不曾梦到?

只是醒来时便抛去一旁!

(选自《石门集》,1934年6月,上海商务印书馆)

|朱湘作品精选|

幸　福

幸福呀，在这人间
向不曾见你显过容颜……
唯有苦辛时候，
无忧的往日在心上回甜，
你才露出真面，
说，无忧便是洪福——
等你说了时，又遮起轻烟。

有时我远望天边，
向希望之星挣扎而前；
一路自欣自喜，
任欺人的想象幻出凡间
所无有的美满……
到了时，只闻恶鸟
在荒郊里笑我行路三千！

何必将寿命俄延，
倘若无幸福贮在来年？
不过，未来之谜
内中究竟藏了什么新鲜，

有谁不想瞧见？
因此我一天有气，
一天也不肯闭起眼长眠。

（选自《石门集》，1934年6月，上海商务印书馆）

镜 子

美丽拿装束卸下了,镜子
知道它是真的呢还是谎;
对着灵魂,它照见了真相,
照不见善,恶——人造的名词。

不响,成天里它只是深思
又深思……平坦在它的面上,
以及冷静,明白;不见往常
那些幻影,与它们的美,疵。

(选自《石门集》,1934年6月,上海商务印书馆)

动与静

在海滩上，你嘴亲了嘴以后，
便返身踏上船去开始浪游；
你说，要心靠牢了跳荡的心，
还有二十五年我须当等候。

热带的繁华与寒带的幽谧，
无穷的嬗递着，虽是慰枯寂——
你所要寻求的并不是这些；
抓到了爱，你的浪游才完毕。

在回忆中消磨我的岁月；
火烧着你的形影，多么热烈！
不必寻求，你便是我的爱神；
供奉，祈祷他，便是我的事业。

（选自《石门集》，1934年6月，上海商务印书馆）

风推着树

风推着树。
像冬天
一片波涛
在崖前。

吼声愈大。
树愈傲——
风推不断
质地牢。

枝干蟠曲
像图书……
寒带正是
它的家。

(选自《石门集》,1934年6月,上海商务印书馆)

雨

唯有从内地来的到如今
才看见"虹"。

正式的在落雨。
为了买皮鞋油的缘故,我
走过去了四川路桥。

车辆
形成的墙边,有竹篱围着
一片空地;公司竖了木牌,
指明新屋所移去的地点。

没有尾声的喇叭唤过去。
雨落上车顶,落上千佛岩
一般的大厦。它没有沾湿
那扭腰身的"贾四";那灯光
也仍旧贴了白磁在蜷卧。

如今已是七年了……梅怎样?
那一套新衣裳总该湿了……

(选自《石门集》,1934年6月,上海商务印书馆)

夜　歌

唱一支古旧，古旧的歌……
朦胧的，在月下，
回忆，苍白着，远望天边
不知何处的家……

说一句悄然，悄然的话……
有如漂泊的风，
不知怎么来的，在耳语，
对了草原的梦……

落一滴迟缓，迟缓的泪……
与露珠一样冷，
在衣衿上，心坎上，不知
何时落的，无声……

（选自《石门集》，1934年6月，上海商务印书馆）

春　歌

不声不响的认输了，冬神
收敛了阴霾，休歇了凶狠……
嘈嘈的，鸟儿在喧闹——
一个阳春哪，要一个阳春！

水面上已经笑起了一涡纹；
已经有蜜蜂屡次来追问……
昂昂的，花枝在瞻望——
一片瑞春哪，等一片瑞春！

好像是飞蛾在焰上成群，
剽疾的情感回旋得要晕……
纠纠的，人心在颤抖——
一次青春哪，过一次青春！

（选自《石门集》，1934年6月，上海商务印书馆）

十四行 英体

二

或者要污泥才开得出花；
或者要粪土才种得成菜；
或者孔雀，车轮蝶与斑马
离不了瘴疠潍瀰然的热带；
或者泰山必得包藏凶恶；
或者并非纯洁的，那瀑布；
或者那变化万千的日落
便没有，如其并没有尘土；
或者没有兽欲便没有人；
或者，由原始人所住的洞，
如其没有痛苦，饥饿，寒冷，
便没有文化针刺入天空……
或者，世上如其没有折磨，
诗人便唱不出他的新歌。

七

我的诗神！（愚夫听到我叫你，
都以为你是活的，生在世上——
我不也成了愚夫，如其费力
说你并不在人世，地狱，天堂？）
我的诗神！我弃了世界，世界

也弃了我；在这紧急的关头，
你却没有冷，反而更亲热些，
给我诗，鼓我的气，替我消忧。
我的诗神！这样你也是应该——
看一看我的牺牲罢，那么多！
醒，睡与动，静，就只有你在怀；
为了你，我牺牲一切，牺牲我！
全是自取的；我决不发怨声，
我也不夸，我爱你，我的诗神！

十二

草还没有绿过来。但是空中
膨胀开的晴已经显得异样。
竹子，冬青不见得怎么变动；
柳枝子却有了小牙齿在长。
面色已经活动了，开朗了，山，
虽说它还是硬起头的，沉静。
湖水袒开了胸口对着蔚蓝；
它的情绪在飘摇——许多游艇！
冬天，好一个冬天！过得真久。
天知道。我的身体，心也知道。
已经有人，在空树林子下头，
听不见声音，络绎的在旋绕。
又由蛰眠里醒了，希望，快乐……
都是它在作怪，无一片晴和！

十六

只是一镰刀的月亮，带两颗星，

清凉，洒脱，在市廛定下来的夜；
远方有犬吠，车辆奔走过街心，
寥落的；扰攘与喧嚣已经安歇。
古老的情思蓦然潮起在胸头，
以及古老的意境。仿佛有群蛙
搏动在原野内，榆柳，田舍，河流
展开在夜露之中，在山麓之下。
山灵的喉舌微语着，一条山溪。
仿佛是终古的，松柏，宝塔，寺庙；
它们并不迎迓游客，也不嫌弃，
要是他来了，坐在石凳上，闲眺。
总是这么古老，悠远的，我幻想，
对了两颗星，与一镰刀的月亮。

十七　蛙声

是青蛙的稻田，这一片芦苇……
急剧的，水鸟在与声响接吻。
便是驴子都夸奖夜凉甜美——
柳条儿叹着气，那更是本分。
远处有火车，绵连的，奔走在
回声的山谷中，瀑布的崖下；
近处有绿瓶在肚子里作怪，
有油纸做的玩具，孩童正耍。
月亮是团脸的白痴；在水里，
他扔下来了许多珠子，滚动。
凫过水面的蛙两条腿在踢
两条白光，顶上是白发蓬蓬。

到明天再来看小荷叶，淡青，
拿没有熟的桃子画在水心。

（选自《石门集》，1934年6月，上海商务印书馆）

十四行 意体

二

我情愿拿海阔天空扔掉,
只要你肯给我一间小房——
像仁子蹲在果核的中央,
让我来躲避外界的强暴;
让我来领悟这生之大道,
脱胎换骨,变成松子清香。
核桃内丰外啬,杏仁润凉……
有的去给世人越吃越要;
有的,趁阳春飞越过山巅
那时候,生根著叶起来,慢,
很慢的……百年后他伸手爪
(他高呼,低唤在黑夜,白天)
要抓住那青,成年不变换,
与那硬,任风在四边骚扰。

三

我把过去摔在地上,教它:
你泥沼里去罢!本来泥沼
是你的老家;你不要再吵
闹在耳边……它却仍旧哇哇
作癞虾蟆的笑声;它紧抓,

紧抓住我的脚,两目奸狡
如蛇的钉住我。我不能跑。
我不是懦夫;我也咬起牙,
歪下头去看……我一阵寒噤:
因为这个丑物已经变作
我的模样,正在一套,一套,
变着各种的形……这时,遍身
我出汗,怒抖,整颗心像割;
我晕了……它又钻进了心窍……

九

我有一颗心,她受不惯幽闭,
屡次逃了出来,向过路的人
歌唱,好像孩童,在欢乐撞门
那时候,遇了人便倾吐喜气。
大了,她明白了,当时的失意
与恼怒都是稚态,别个那能
不拿这异样之物,来得无因,
抱起来耍,或是闪了身躲避?
从此,她守着幽室,一颦一笑
只让自家看见,也只让自家
听见梦中的呓语……要知道,她
原是生物,有时免不了要叫
喊出狱中的痛苦;她却不容
这心声送到陌生人的耳中。

十

辜负了这园林中的清气,

从前只有麻雀，力竭声嘶，
依然唱不出佳妙的歌词，
与鹊鸟，流俗般披着俏丽……
今天你来了这枝头，黄鹂，
只是矜持的将你那调子
唱了，并不曾拿尾端的紫，
身上的黄来卖弄着梳齐。
在翠氛中，你如今是想念
什么？可是那凤凰的国土，
你离开不久的？诗歌之友，
你要知道，这里有那飞舞
在半空的鹰，将战声高吼，
威吓着，不容你在此留连！

十四

有一首诗怀在这颗心里，
教我甘心输引春的滋长
与秋的成熟来拿她培养，
培养着她的天真与美丽。
一直到生命连成了周期，
为了她，我不能容许思想，
行为的高位上坐着寻常……
我的孱弱要扶持呀，上帝！
你给我的生命，等到悔悟，
已经被稚性蹂躏得无遗——
如今又给我诗，你的恩惠！
放心：那无从补救的前非，

它在提醒我，只有一条路
在前面了……我不能再自弃！

十五　冻疮

不见十多年了，我们又重会，
这切肤的亲热还一似当先；
不同的是，如今我知道留恋，
在冷落中留恋着你的相偎，
这其间，有许多热已经高飞；
有许多希望已经遮起笑脸……
剩下我一人，在这空的冬天，
想着抛去的半生，忧伤，懊悔。
春天我不要瞧见它：那暖风
会来搔我的脸皮，低声嘲弄，
说，青春，幸福，如今去了哪里！
还是你多情，又温暖，又凄凉，
不忘记我，悄然的来到身旁，
将沉滞挑动了，点燃起记忆。

十六　情感与理智

在一场奇特的梦里，我瞧见
躯壳中化出来了一双自我——
美丽，天真，左边的她正唱歌；
右边的，光芒绕体，他舞宝剑。
那护身的白光关照到四面，
不容烦恼洒的水丝毫透过，
同时，烦恼浇上了音乐的波，
那情调更丰富，节律更庄严。

这一架的残剩我毫不关怀；
尽由你们去分了，"人生"，"破败"！
你们抓不住那永恒的一双……
虽说他们的途径各自东西，
唯有在天空上，唯有在梦里，
歌声才叫得应那剑影低昂。

二十六

如其有一天我不再作小鸟，
回旋在溷浊的最下层空气，
只听到人类惹是非，话柴米，
只看见人头上茂生有烦恼！
如其有一天我能化作鹰，高
飞入清冷的天；在云内涤翼；
追陨星；对太阳把眼睛瞪起，
要那无上的光明向里面跳……
下边，我看见有洋海在呼吸；
大江，小河一齐蜿蜒去心脏；
山峰挺着她的奶，孳育群生——
也偶尔自人境飞上有风筝，
向着天与日发出鎕声嘹亮，
在生机蓬勃的时候，春天里。

三十七

给我一个浪漫事！不论是"凶狠"
与"罪恶"安排起圈套等候"理想"；
还是漂泊在远处，没有人，异常，
只有原始的"破坏"，"创造"在混沌；

还是神仙，未来，希望者的乾坤……
只要一个浪漫事，给我，好阻挡
这现实，戕害生机的；我好宣畅
这勇气，这感情的块垒，这纠纷！
树木，空虚了，还是紧抓着大地，
盲目的等候着一声雷，一片热
给与它们以蓬勃，给与以春天……
自然不是来享福的，活在地面，
"淡漠"之领域；不过，这心在旅舍
要住六十年呀！那么，给它勇气！

四十四

搀着自家的孩子，在这春天，
一同去晒太阳，吸花香，草息……
他抽条，长叶在温和的气里；
我作山，带着他，开朗了容颜。
又笑又说话，他是鸟声的尖，
是石卵的圆润，是溪水的急……
康健洒上了身来，一点，一滴；
还有快乐，它骀荡着在身前。
循环的生长着，时与人与物。
云不见了，忧虑也已经消散……
我仰起头来，歌颂圆的苍苍。
不用知道，他自己便是"生长"！
到将来，又一遭的，他也要搀
他的孩子，在春天，走这条路！

四十五

这一颗种子，天用手指拿住；
除去扁圆而外更没有形象，
渺小，轻——一下抛落了在地上，
深棕色便吞进了深色的土……
土壤要是膏腴的，拿这微物
来培养，要是有春雨，有太阳，
它便会膨胀，会发育……那时光，
便是天的意旨，也不能拦阻！
有许多的伟大蕴藏在渺小。
五谷是神工，花儿肌理细腻，
喷出了浓香将人，蝶给醉迷，
树木纷披着亮晶晶的绿袍；
或是，塔一般，它的株柯十抱
将生欲高举到天的视，听里。

五十一

横越过空间的山，时间的水，
向你我们呼出了最后的一声……
从此我们是依然分道而行，
像从前那样，没有温柔，陶醉。
你受祝福了！……只须登涉崔巍，
月明人静的时候，你能实认
这真的我，何以到今日才肯
喊出来这最先，最后的一回！
悭吝的命运，人怎么去埋怨？
这百纪的馈受中并无美满——

何况是他拿这美妙的形象
给与我了,时光愈久愈温柔!
永别了!呈与你的只容我有
这一声辽远的,郁结的疯狂。

五十三

云霾升起于太空了。水面
有蜻蜓低舞;喧噪着,乌鸦
像树叶在深秋旋绕而下;
草坪在风内急剧的蹁跹。
我的太阳已经行到中天——
可是,阴沉着,并没有光华,
苍白的,好像睡眠在床榻,
悄然无语的病人那张脸。
过去是一个悠久的晨间,
同时又短促;也听见鸟啼,
也看见太阳蜗行在窗上。
在如今这时候,正能默想
已逝的温柔,成灰的友谊,
以及将临的暴风雨,来年。

(选自《石门集》,1934年6月,上海商务印书馆)

寻

你可以寻遍天堂，
从日生的时候寻到日死；
还燃起白烛夜中去寻觅——
你决不会寻到一种东西，
假君子！

你可以游遍阴曹，
看火油的锅里千人惨死；
这些鬼魂，无论多么叛逆，
他们总远强似一种东西，
假君子！

（选自《永言集》，1936年4月，上海时代图书公司）

民　意

与空气一般，无从捉摸，
亦不知抵抗，
远望去是一片青，落落
展开在天上……

狎弄它的要提防暴风
来号令一切，
凭它得到的权势兴隆，
随了它毁灭。

（选自《永言集》，1936年4月，上海时代图书公司）

今 宵

今宵是桂的中秋：
明月光照在清流。
原野间鸟声止奏，
剩寒蛩鸣咽抒愁。

媚阳春一去不还，
色与香从此阑珊——
再不要登高望远，
万里中只见秋山！

不如趁皓月当头，
与嫦娥竟夕淹留。
莲蓬作杯子饮酒，
送归鸿飞过山陬。

一九二六年九月二十日

（选自《永言集》，1936年4月，上海时代图书公司）

呼

谁能压得住火山不爆？
就是岩石也无法提防，
它取道
去寻太阳。
挡不住劲风，
也不能叫松；
要北风怒号，
才会有松涛，
澎湃过
黑云与紫电的长气。

一九二六年十月二十一日

（选自《永言集》，1936年4月，上海时代图书公司）

慰元度

贫苦的文人两手空空,
剩一点柔情揣在当胸。
命运那强徒忒是不公,
这点爱情于他并无用,
都被劫林中。

朋友,那地方能息游踪?
我与你高歌阮籍途穷。
在夕阳道上同蹈斜红,
让西风卷起心头悲痛,
乱洒进苍穹!

一九二六年十一月三十日

(选自《永言集》,1936年4月,上海时代图书公司)

|朱湘作品精选|

夏 夜

惺忪的月亮微睨着夜神,
林木悄然而卧不动分纹。
远田内有群蛙高声笑乐,
叶底的萤光一瞥目传情。

一九三〇年五月十五日

(选自《永言集》,1936年4月,上海时代图书公司)

白

白的衣衫，白的圆臂膀，
你们多么可爱！
我要打开窗子去搂抱，
又怕寒冷相灾。
白的剪秋罗，白的玫瑰，
你们多么清洁！
取一枝我想伸出手来，
可惜沾了煤屑。

因为陪伴我的只有寒冷，
那柔和的温暖更教我狂；
坑陷在没有出息的溷恶，
我更歆羡着那洁净，芬芳。

但是，拨动起寒灰最苦恼；
那已死的情绪，让它安息！
我也是一个人，需要安宁，
甚至热烈，而痛苦的希冀。

让我们说别了，白色的花，
白色的双手——
像笛响起了，船舶他去
车也不回头。

（选自《永言集》，1936年4月，上海时代图书公司）

|朱湘作品精选|

乞 丐

尺深的白雪棉絮一般,
他在龛桌下更觉森寒。
破庙无人任风吹雨打,
佛像的眼梢泪渍斑斓。
不独人间有贫贱富贵,
神道的时运也分顺背。

遮寒的稻草加厚一层,
身边却少了一个亲人。
三十年患难帮我驮过,
黄泉路上倒让你孤行。
来生为畜都莫叹命坏,
只要不投胎重作乞丐。

有人在门外踏过中途,
肩扛着半爿雪白肥猪。
他想起炖肉浓香四散,
透红的皮与蜜枣无殊。
远处依稀的放着鞭爆,
谁不在迎接新年来到?

(选自《永言集》,1936年4月,上海时代图书公司)

小 聚

描花的宫绢渗下灯光:

柔软灯光,

掩映纱窗,

我们围在红炭盆旁,

看炉香

游丝般的徐徐袅上

架,须是梅朵娇黄。

宾客无人不夸奖厨娘:

妖艳厨娘,

糕饼当行,

嗅呀,它像樱口微张,

息芬芳,

那柔软又唇儿一样,

人怎不争着先尝?

(选自《永言集》,1936年4月,上海时代图书公司)

散文

正文

打弹子

　　打弹子最好是在晚上。一间明亮的大房子，还没有进去的时候，已经听到弹子相碰的清脆声音。进房之后，看见许多张紫木的长台平列排着，鲜红的与粉白的弹子在绿色的呢毯上滑走。整个台子在雪亮的灯光下照得无微不见，连台子四围上边嵌镶的菱形螺钿都清晰的显出。许多的弹竿笔直的竖在墙上。衣钩上面有帽子，围巾，大氅。还有好几架钟，每架下面是一个算盘——听哪，答拉一声，正对着门的那个算盘上面，一下总加了有二十开外的黑珠。计数的伙计一个个站在算盘的旁边。

　　也有伙计陪着单身的客人打弹子。这样的伙计有两种，一种是陪已经打得很好的熟客打，一种是陪才学的生客打。陪熟客打的，一面低了头运用竿子，一面向客人嘻笑的说："你瞅吧！这竿儿再赶不上你，这碗儿饭就不吃啦！"陪生客打的，看见客人比了大半天，竿子总抽上了有十来趟，归根还是打在第一个弹子的正面就不动了，他看着时候，说不定心里满觉得这位客人有趣，但是脸上绝不露出一丝笑容，只随便的带说一句，"你这球要低竿儿打红奔白就得啦。"

　　打弹子的人有穿灰色爱国布罩袍的学生，有穿藏青花呢西服的教员，有穿礼服呢马褂淡青哔叽面子羊皮袍的衙门里人。另有一个，身上是浅色花缎的皮袍，左边的袖子掳了起来，露出细泽的灰鼠里子，并且左手的手指上还有一只耀目的金戒指。这想必是富商的儿子罢。这些人里面，有的面呈微

笑，正打眼着"眼镜"。有的把竿子放去背后，作出一个优美的姿势来送它。有的这竿已经有了，右掌里握着的竿子从左手手面上顺溜的滑过去，打的人的身子也跟着灵动的扭过，再准备打下一竿。

"您来啦！您来啦！"伙计们在我同子离掀开青布绵花帘子的时候站起身，来把我们的帽子接了过去。"喝茶？龙井，香片？"

弹子摆好了，外面一对白的，里面一对红的。我们用粉块擦了一擦竿子的头，开始游戏了。

这些红的、白的弹子在绿呢上无声的滑走，很像一间宽敞的厅里绿毡毹上面舞蹈着的轻盈的美女。她披着鹅毛一样白的衣裳，衣裳上面绣的是金线的牡丹，柔软的细腰上系着一条满缀宝石的红带，头发扎成一束披在背后，手中握着一对孔雀毛，脚上穿的是一双红色的软鞋。脚尖矫捷的在绿毡毹上轻点着，一刻来了厅的这方，一刻去了厅的那方，一点响声也听不出，只偶尔有衣裳的窸窣，环佩的叮当，好像是替她的舞蹈按着拍子一样。

这些白的、红的弹子在绿呢上活泼的驰行，很像一片草地上有许多盛服的王孙公子围着观看的一双斗鸡。它们头顶上戴的是血一般红的冠。它们弯下身子，拱起颈，颈上的一圈毛都竦了起来，尾巴的翎毛也一片片的张开。它们一刻退到后头，把身体蜷伏起来，一刻又奔上前去，把两扇翅膀张开，向敌人扑啄。四围的人看得呆了，只在得胜的鸡骄扬的叫出的时候，他们才如梦初醒，也跟着同声的欢呼起来。

弹子在台上盘绕，像一群红眼珠的白鸽在蔚蓝的天空上面飘扬。弹子在台上旋转，像一对红眼珠的白鼠在方笼的架子上面翻身。弹子在台上溜行，像一只红眼珠的白兔在碧绿的草原上面飞跑。

还记得是三年前第一次跟了三哥学打弹子，也是在这一家。现在我又来这里打弹子了，三哥却早已离京他往。在这种乱的时世，兄弟们又要各自寻路谋生，离合是最难预说的了；知道还要多少年，才能兄弟聚首，再品一盘弹子呢？

正这样想着的时候，看见一对夫妇，同两个二十左右的女子，带着三个小孩子，一个老妈子，进来了球房：原来是夫妻俩来打弹子的。他们开盘以后，小孩子们一直站在台子旁边看热闹，并且指东问西，嘴说手画，兴头之大，真不下似当局的人。问的没有得到结果的时候，还要牵住母亲的裙子或者抓住她的弹竿唠叨的尽缠：被父亲呵了几句，才暂时静下一刻，但是不到多久，又哄起来了。

事情凑巧：有一次轮到父亲打，他的白球在他自己面前，别的三个都一齐靠在小孩子们站的这面的边上，并且聚拢在一起，正好让他打五分的，哪晓得这三个孩子看见这些弹子颜色鲜明得可爱，并且圆溜溜的好玩，都伸出双手踮起脚尖来抢着抓弹子；有一个孩子手掌太小，一时抓不起弹子来，他正在抓着的时候，父亲的弹子已经打过来了，手指上面打中一下，痛得呱呱的大哭起来。老妈子看到，赶紧跑过来把他抱去了茶几旁边，拿许多糖果哄他止哭。那两个孩子看见父亲的神气不对，连忙双手把弹子放回原处，也悄悄的偷回去茶几旁边坐下了。母亲连忙说，"一个孩子已经够嚷的啦。咱们打球吧。"父亲气也不好，不气也不好，狠狠的盯了那两个孩子一眼，盯得他们在椅子上面直扭，他又开始打他的弹子了。

在这个当儿，子离正向我谈着"弹子经"。他说："打得妙的时候，一竿子可以打上整千；"他看见我的嘴张了一张，连忙接着说下，"他们功夫到家的妙在能把四个球都赶上

一个台角里边去，而后轻轻的慢慢的尽碰。"我说："这未免太不'武'了！大来大往，运用一些奇兵，才是我们的本色！"子离笑了一笑，不晓得他到底是赞成我的议论呀还是不赞成。其实，我自己遇到了这种机会的时候，也不肯轻易放过，所惜本领不高，只能连个几竿罢了。

我们一面自己打着弹子，一面看那对夫妇打。大概是他们极其客气，两人都不愿占先的缘故，所以结果是算盘上的黑珠有百分之八十都还在右头。我向四围望了一眼，打弹子的都是男人，女子打的只这一个；并且据我过去的一点经验而言，女子上球房我这还是第一次看见。我想了一想，不觉心里奇怪起来："女子打弹子，这是多么美的一件事！毡毹的平滑比得上她们肤容的润泽，弹竿的颀长比得上她们身段的苗条；弹子的红像她们的唇，弹子的白像她们的脸；她们的眼珠有弹丸的流动，她们的耳珠有弹丸的匀圆。网球在女界通行了，连篮球都在女界通行了，为什么打弹子这最美的、最适于女子玩耍的，最能展露出她们身材的曲线美的一种游戏反而被她们忽视了呢？"那晓得我这样替弹子游戏抱着不平的时候，反把自己的事情耽误了，原来我这样心一分，打得越坏，一刻工夫已经被子离赶上去半趟，总共是多我一趟了。

现在已经打了很久了，歇下来看别人打的时候，自家的脑子里面都是充满着角度的纵横的线。我坐在茶几旁边，把我的眼睛所能见到的东西都拿来心里面比量，看要用一个什么角度才能打着。在这些腹阵当中，子离口嚼的烟斗都没有逃去厄难。有一次我端起茶杯来的时候曾经这样算过："这茶杯作为我的球，高竿，薄球，一定可以碰茶壶，打到那个人头上的小瓜皮帽子。不然，厚一点，就打对面墙上那架钟。"

钟上的计时针引起了我的注意，现在时间已经不早了。

我向子离说:"这个半点打完,我们走吧。"

"三点!一块找!要辅币!毛巾!……谢谢您,您走啦!您走啦!"

临走出球房的时候,听到那一对夫妻里面的妻子说,"有啦!打白碰到红啦!"丈夫提出了异议。但是旁观的两个女郎都帮她,"嫂嫂有啦!哥哥别赖!"

(选自《中书集》,1934年10月,上海生活书店)

北海纪游

　　九日下午，去北海，想在那里作完我的"洛神"，呈给一位不认识的女郎，路上遇到刘兄梦苇，我就变更计划，邀他一同去逛一天北海。那里面有一条槐树的路，长约四里，路旁是两行高而且大的槐树，倚傍着小山，山外便是海水了；每当夕阳西下清风徐来的时候，到这槐荫之路上来散步，仰望是一片凉润的青碧，旁视是一片渺茫的波浪，波上有黄白各色的小艇往来其间，衬着水边的芦荻，路上的小红桥，枝叶之间偶尔瞧得见白塔高耸在远方，与它的赭色的塔门，黄金的塔尖，这条槐路的景致也可说是兼有清幽与富丽之美了。我本来是想去那条路上闲行的，但是到的时候天气还早，我们就转入濠濮园的后堂暂息。

　　这间后堂傍着一个小池，上有一座白石桥，池的两旁是小山，山上长着柏树，两山之间竖着一座石门，池中游鱼往来，间或有金鱼浮上。我们坐定之后，谈了些闲话，谈到我们这一班人所作的诗行由规律的字数组成的新诗之上去。梦苇告诉我，有许多人对于我们的这种举动大不以为然，但同时有两种人，一种是向来对新诗取厌恶态度的人，一种是新诗作了许久与我们悟出同样的道理的人，他们看见我们的这种新诗以后，起了深度的同情。后来又谈到一班作新诗的人当初本是轰轰烈烈，但是出了一个或两个集子之后，便销声匿迹，不仅没有集子陆续出来，并且连一首好诗都看不见了。梦苇对于这种现象的解释很激烈，他说这完全是因为一班人拿诗作进身之阶，等到名气成了，地位有了，诗也就跟着扔开了。

他的话虽激烈，却也有部分的真理，不过我觉着主要的原因另有两个：浅尝的倾向，抒情的偏重。我所说的浅尝者，便是那班本来不打算终身致力于诗，不过因了一时的风气而舍些工夫来此尝试一下的人。他们当中虽然不能说是竟无一人有诗的禀赋、涵养、见解、毅力，但是即使有的时候，也不深。等到这一点子热心与能耐用完之后，他们也就从此销声匿迹了。诗，与旁的学问旁的艺术一般，是一种终身的事业，并非靠了浅尝可以兴盛得起来的。最可恨的便是这些浅尝者之中有人居然连一点自知之明都没有，他们居然坚执着他们的荒谬主张，溺爱着他们的浅陋作品，对于真正的方在萌芽的新诗加以热骂与冷嘲，并且挂起他们的新诗老前辈的招牌来蒙蔽大众：这是新诗发达上的一个大阻梗。还有一个阻梗便是胡适的一种浅薄可笑的主张，他说，现代的诗应当偏重抒情的一方面，庶几可以适应忙碌的现代人的需要。殊不知诗之长短与其需时之多寡当中毫无比例可言。李白的《敬亭独坐》虽然只有寥寥的二十个字，但是要领略出它的好处，所需的时间之多，只有过于《木兰辞》而无不及。进一层，我们可以说，像《敬亭独坐》这一类的抒情诗，忙碌的现代人简直看不懂。再进一层说，忙碌的现代人干脆就不需要诗，小说他们都嫌没有工夫与精神去看，更何况诗？电影，我说，最不艺术的电影是最为现代人所需要的了。所以，我们如想迎合现代人的心理，就不必作诗；想作诗，就不必顾及现代人的嗜好。诗的种类很多，抒情不过是一种，此外如叙事诗、史诗、诗剧、讽刺诗、写景诗等等哪一种不是充满了丰富的希望，值得致力于诗的人去努力？上述的两种现象，抒情的偏重，使诗不能作多方面的发展，浅尝的倾向，使诗不能作到深宏与丰富的田地，便

是新诗之所以不兴旺的两个主因。

  我们谈完之后，时候已经不早了；我们便起身，转上槐路，绕海水的北岸，经过用黄色与淡青的琉璃瓦造成的琉璃牌楼，在路上谈了一些话，便租定一只小划船。这时候西北方已经起了乌云，并且时时有凉风吹过白色的水面，颇有雨意，但是我们下了船。我们看见一个女郎独划着一只绿色的船，她身上穿着白色的衣裙，手上戴着白色的手套，草帽是淡黄色的，她的身躯节奏的与双桨交互的低昂着，在船身转弯的时候，那种一手顺划一手逆划两臂错综而动的姿势更将女身的曲线美表现出来；我们看看，一边艳羡，一边自家划船的勇气也不觉的陡增十倍。本来我的右手是因为前几天划船过猛擦破了几块皮到如今刚合了创口的，到此也就忘记掉了。我们先从松坡图书馆向漪澜堂划了一个直过，接着便向金鳌玉𬘘桥放船过去；半路之上，果然有雨点稀疏的洒下来了。雨点落在水面之上，激起一个小涡，涡的外缘凸起，向中心凹下去，但是到了中心的时候，又突然的高起来，形成一个白的圆锥，上联着雨丝。这不过是刹那中的事。雨涡接着迅捷的向四周展开去，波纹越远越淡，以至于无。我此时不觉的联想起济慈的四行诗来：

    Ever let the Fancy roam,

    Pleasure never is at home：

    At a touch sweet Pleasure melteth,

    Like to bubbles when rain pelteth.

  雨大了起来。雨点含着光有如水银粒似的密密落下。雨阵有如一排排的戈矛，在空中熠耀；匆促的雨点敲水声便是衔枚疾走时脚步的声息。这一片飒飒之中，还听到一种较高的声响，那就是雨落在新出水的荷叶上面时候发出来的。我们掉转船头，一面愉快的划着，一面避到水心的席棚下休息。

棹 歌

求 心

仰身呀桨落水中，
对长空；
俯首呀双桨如翼，
鸟凭风。
头上是天，
水在两边，
更无障碍当前；
白云驶空，
鱼游水中，
快乐呀与此正同。

岸 侧

仰身呀桨在水中，
对长空；
俯首呀双桨如翼，
鸟凭风。
树有浓荫，
葭苇青青，
野花长满水滨；
鸟啼叶中，
鸥投苇丛，
蜻蜓呀头绿身红。

风　朝

仰身呀桨落水中,
对长空;
俯首呀双桨如翼,
鸟凭风。
白浪扑来,
水雾拂腮,
天边布满云霾;
船晃得凶,
快往前冲,
小心呀翻进波中。

雨　天

仰身呀桨落水中,
对长空;
俯首呀双桨如翼,
鸟凭风。
雨丝像帘,
水涡像钱,
一片缭乱轻烟;
雨势偶松,
暂展朦胧,
瞧见呀青的远峰。

春　波

仰身呀桨落水中,
对长空;

俯首呀双桨如翼,
鸟凭风。
鸟儿高歌,
燕儿掠波,
鱼儿来往如梭;
白的云峰,
青的天空,
黄金呀日色融融。

夏　荷

仰身呀桨落水中,
对长空;
俯首呀双桨如翼,
鸟凭风。
荷花清香,
缭绕船旁,
轻风飘起衣裳;
菱藻重重,
长在水中,
双桨呀欲举无从。

秋　月

仰身呀桨落水中,
对长空;
俯首呀双桨如翼,
鸟凭风。
月在上飘,

船在下摇,
何人远处吹箫?
芦荻丛中,
吹过秋风,
水蚓呀应着寒蛩。

冬 雪

仰身呀桨落水中,
对长空;
俯首呀双桨如翼,
鸟凭风。
雪花轻飞,
飞满山隈,
飞向树枝上垂;
到了水中,
它却消融,
绿波呀载过渔翁。

　　雨热稍停,我们又划了出来。划了一程之后,忽然间刮起了劲风来;风在海面上吹起一阵阵的水雾,迷人眼睛,朦胧里只见黑浪一个个向我们滚来。浪的上缘俯向前方,浪的下部凹入,真像一群张口的海兽要跑来吞我们似的,水在船旁舐吮作响,船身的颠摇十分厉害:这刻的心境介于悦乐与惊恐之间,一心一目之中只记着,向前划!向前划!虽然两臂麻木了,右手上已合的创口又裂了,还是记着,向前划!

　　上岸之后,虽然休息了许久,身体与手臂尚自在那里摆动。还记得许多年前,头一次凫水,出水之后,身子轻飘飘的,好像鸟儿在空中飞翔一般;不料那时所感到的快乐又复现于今天了。

吃完点心之后，（今天的点心真鲜！）我们离开漪澜堂，又向对岸渡过去，这次坐的是敞篷船。此刻雨阵过了，只有很疏的雨点偶尔飘来。展目远观，见鱼肚白的夕空渲染着浓灰色以及淡灰色的未尽的雨云，深浅不一，下面是暗青的海水，水畔低昂着嫩绿色的芦苇，时有玄脊白腹的水鸟在一片绿色之中飞过。加上天水之间远山上的翠柏之色，密叶中的几点灯光，还有布谷高高的隐在雨云之中发出清脆的啼声，真令人想起了江南的烟雨之景。

上岸后，雨又重新下起来。但是我们两人的兴却发作了：梦苇嚷着要征服自然；我嚷着要上天王殿的楼上去听雨。我们走到殿的前头，瞧见琉璃牌楼的三座孤门之上一毫未湿，便先在这里停歇下来。这时候天已经黑了，我们从槐树的叶中可以看得见天空已经转成了与海水一样深青的颜色，远处的琼岛亮着一片灯光，灯光倒映在水中，晃动闪的，有波纹把它分隔成许多层。

雨点打在远近无数的树上，有时急，有时缓；急时，像独坐在佛殿中，峥嵘的殿柱与庄严的佛像只在隐约的琉璃灯光与炉香的光点内可以瞧见；沉默充满了寺内殿堂，寂静弥漫了寺外的山岭；忽然之间，一阵风来，吹得檐角与塔尖的铁马铜铃不断的响，山中的老松怪柏谡谡的呼吼，杂着从远峰飘来的瀑布的声响，真是战马奔腾，怒潮澎湃。缓时，像在一座墓园之内，黄昏的时候，鸟儿在树枝上栖息定了，乡人已经离开了田野与牧场回到家中安歇，坟墓中的幽灵一齐无声的偷了出来，伴着空中的蝙蝠作回旋的哑舞；他们的脚步落得真轻，一点声息不闻，只有萤虫燃着的小青灯照见他们憧憧的影子在暗中来往；他们舞得愈出神，在旁观看的人也愈屏息无声；最

后，白杨萧萧的叹起气来，惋惜舞蹈之易终以及墓中人的逐渐零落投阳去了；一群面庞黄瘦的小草也跟着点头，飒飒的微语，说是这些话不错。

雨声之中，我们转身瞧天王殿，只见黑魆魆的一点灯火俱无，我们登楼听雨的计划于是不得不终止了。我们又闲谈起来。我们评论时人，预想未来，归根又是谈到文学上去。说到文学与艺术之关系的时候，我讲：插图极能增进读者对于文学书籍的兴趣，我们中国旧文学书中的插图工细别致，《红楼梦》一书更得到画家不断的为它装画。在西方这一方面的人才真是多不胜数，只拿英国来讲，如从前的克鲁可贤（Cruikshank），现代的毕兹雷（Beardsley），又如自己替自己的小说作插图的萨克雷（Thackeray），都是脍炙人口的；还有文学与音乐的关系，我国古代与西方都是很密切的，好的抒情诗差不多都已谱入了音乐，成了人民生活的一部分；新诗则尚未得到音乐上的人才来在这方面致力。

我们谈着，时刻已经不早了。雨算是过去了，但枝叶间雨滴依然纷乱的洒下，好像雨并没有停住一般。偶尔有一辆人力车拖过，想必是迟归的游客乘着园内预备的车；还偶尔有人撑着纸伞拖着钉鞋低头走过，这想必是园中的夫役。我们起身走上路时，只见两行树的黑影围在路的左右，走到许远，才看见一盏被雨雾朦了罩的路灯。大半时候还是凭着路中雨水洼的微光前进。

我们一面走着，一面还谈。我说出了我所以作新诗的理由，不为这个，不为那个，只为它是一种崭新的工具，有充分发展的可能；它是一方未垦的膏壤，有丰美收成的希望。诗的本质是一成不变万古长新的；它便是人性。诗的形体则是一代有一代的：一种形体的长处发展完了，便应当另外创造一种形体来代替；一种形体的时代之长短完全由这种形体的含性之大小而定。诗的本质是向内发展的；诗的形体是向外发展的。《诗经》《楚辞》，何默尔的史诗，这些都是几千年上的文学产品，但是我们这班后生几千年的人读起它们来仍然受很深的感动；这便是因为它们能把永恒的人性捉到一相或多相，于是它们就跟着人性一同不朽了。至于诗的形体则我们常看见它们在那里新陈代谢。拿中国的诗来讲，赋体在楚汉发展到了极点，便有"诗"体代之而兴。"诗"体的含性最大，它的时代也最长；自汉代上溯战国下达唐代，都是它的时代。在这长的时代当中，四言盛于战国，五古盛于汉魏六朝唐代，七古盛于唐宋，乐府盛的时代与五古相同，律绝盛于唐。到了五代两宋，便有词体代"诗"体而兴。到了元明与清，词体又一衍而成曲体。再拿英国的诗来讲，无韵体（Blank verse）与十四行诗（Sonnet）盛于伊丽沙白时代，乐府体（Ballad measure）盛于十七世纪中叶，骈韵体（Rhymed couplet）盛于多莱登（Dryden）蒲卜（Pope）两人的手中。我们的新诗不过说是一种代曲体而兴的诗体，将来它的内涵一齐发展出来了的时候，自然会另有一种别的更新的诗体来代替它。但是如今正是新诗的时代，我们应当尽力来搜求，发展它的长处。就文学史上看来，差不多每种诗体的最盛时期都是这种诗体运用的初期；所以现在工具是有了，看我们会不会运用它。我们要是争气，那我们便有身预或目击盛况的福气；要是不争气，那新诗的兴盛只好再等五十年甚至一百年了。现在的新诗，在抒情方面，近两年来已经略具雏形；但叙事诗与诗剧则仍在胚胎之中。据我的推测，叙事诗将在未来的新诗上占最重要的位置。因为叙事体的弹性极大，《孔雀东南飞》与何默尔的两部史诗（叙事诗之一种）便是强有力的证据，所以我推想新诗将以叙事体来作人性的综合描写。

两行高大的树影矗立在两旁，我们已经走到槐路上了。雨滴稀疏的淅沥着。右望海水，一片昏黑，只有灯光的倒影与海那边的几点灯光闪亮。倒是为了这个缘故，我们的面前更觉得空旷了。

我们走到了团城下的石桥，走上桥时，两人的脚步不期然而然的同时停下。桥左的一泓水中长满了荷叶：有初出水的，贴水浮着；有已出水的，荷梗承着叶盘，或高或矮，或正或欹；叶面是青色，叶底则淡青中带黄。在暗淡的灯光之下，一切的水禽皆已栖息了，只有鱼儿唼喋的声音，跃波的声音，杂着曼长的水蚓的轻嘶，可以听到。夜风吹过我们的耳边，低语道：一切皆已休息了，连月姊都在云中闭了眼安眠，不上天空之内走她孤寂的路程；你们也听着鱼蚓的催眠歌，入梦去罢。

（选自《中书集》，1934年10月，上海生活书店）

| 朱湘作品精选 |

梦苇的死

我踏进病室，抬头观看的时候，不觉吃了一惊，在那弥漫着药水气味的空气中间，枕上伏着一个头。头发乱蓬蓬的，唇边已经长了很深的胡须，两腮都瘦下去了，只剩着一个很尖的下巴；黧黑的脸上，一双眼睛特别显得大。

怎么半月不见，就变到了这种田地？梦苇是一个翩翩年少的诗人，他的相貌与他的诗歌一样，纯是一片秀气；怎么这病榻上的就是他吗？

他用呆滞的目光，注视了一些时，向我点头之后，我的惊疑始定。我在榻旁坐下，问他的病况。他说，已经有三天不曾进食了。这病房又是医院里最便宜的房间，吵闹不过。乱得他夜间都睡不着。我们另外又闲谈了些别的话。

说话之间，他指着旁边的一张空床道，就是昨天在那张床上，死去了一个福州人，是在衙门里当一个小差事的。昨天临危，医院里把他家属叫来了，只有一个妻子，一个小女孩子。孩子很可爱的，母亲也不过三十岁。病人断气之后，母亲哭得九死一生，她对墙上撞了过去，想寻短见，幸亏被人救了。

就是这样，人家把他从那张床上抬了出去。医院里的人，照旧工作；病房同住的人，照常说笑。他的一生，便这样淡淡的结束了。

我听完了他的这一段半对我说、半对自己说的话之后，抬起头来，看见窗外的一棵洋槐树。嫩绿的槐叶，有一半露在阳光之下，照得同透明一般。偶尔有无声的轻风偷进枝间，槐叶便跟着摇曳起来。病房里有些人正在吃饭,房外甬道中有皮鞋声音响过地板上。邻近的街巷中,时有汽车的按号声。是的,淡淡的结束了。谁说这办事员,说不定是书记,他的一生不是淡淡的结束,平凡的终止呢。那年轻的妻子,幼稚的女儿,知道她们未来的命运是个什么样子!我们这最高的文化,自有汽车、大礼帽、枪炮的以及一切别的大事业等着它去制造,那有闲工夫来过问这种平凡的琐事呢!混人的命运,比起一班平凡的人来,自然强些。肥皂泡般的虚名,说起来总比没有好。但是要问现在有几个人知道刘梦苇,再等个五十年,或者一百年,在每个家庭之中,夏天在星光萤火之下,凉风微拂的夜来香花气中,或者会有一群孩童,脚踏着拍子唱:

室内盆栽的蔷薇,
窗外飞舞的蝴蝶,
我俩的爱隔着玻璃,
能相望却不能相接。

冬天在熊熊的炉火旁,充满了颤动的阴影的小屋中,北风敲打着门户,破窗纸力竭声嘶的时候,或者会有一个年老的女伶低低读着:

我的心似一只孤鸿,
歌唱在沉寂的人间。
心哟,放情的歌唱罢,
不妨壮,也不妨缠绵,
歌唱那死之伤,
歌唱那生之恋。

咳,薄命的诗人!你对生有何可恋呢?它不曾给你名,它不曾给你爱,它不曾给你任何什么!

你或者能相信将来，或者能相信你的诗终究有被社会正式承认的一日，那样你临终时的痛苦与失望，或者可以借此减轻一点！但是，谁敢这样说呢？谁敢说这许多年拂逆的命运，不曾将你的信心一齐压迫净尽了呢？临终时的失望，永恒的失望，可怕的永恒的失望，我不敢再往下想了。

我还记得：当时你那细得如线的声音，只剩皮包着的真正像柴的骨架。临终的前一天，我第三次去看你，那时我已从看护妇处，听到你下了一次血块，是无救的了。我带了我的祭子惠的诗去给你瞧，想让你看过之后，能把久郁的情感，借此发泄一下，并且在精神上能得到一种慰安，在临终之时，能够恍然大悟出我所以给你看这篇诗的意思，是我替子惠做过的事，我也要替你做的。我还记得，你当时自半意识状态转到全意识状态时的兴奋，以及诗稿在你手中微抖的声息，以及你的泪。我怕你太伤心了不好，想温和的从你手中将诗取回，但是你孩子霸食般的说："不，不，我要！"我抬头一望，墙上正悬着一个镜框，框上有一十字架，框中是画着耶稣被钉的故事，我不觉的也热泪夺眶而出，与你一同伤心。

一个人独病在医院之内，只有看护人照例的料理一切，没有一个亲人在旁。在这最需要情感的安慰的时候，给予你以精神的药草，用一重温和柔软的银色之雾，在你眼前遮起，使你朦胧的看不见渐渐走近的死神的可怖手爪，只是呆呆的躺着，让憧憧的魔影自由的继续的来往于你丰富的幻想之中，或是面对面的望着一个无底深坑里面有许多不敢见阳光的丑物蠕动着，恶臭时时向你扑来，你却被缚在那里，一毫也动不得，并且有肉体的苦痛，时时抽过四肢，逼榨出短促的呻吟，抽挛起脸部的筋肉：这便是社会对你这诗人的酬报。

记得头一次与你相会，是在南京的清凉山上杏院之内。

半年后，我去上海。又一年，我来北京，不料复见你于此地。我们的神交便开始于这时。就是那冬天，你的吐血，旧病复发，厉害得很。幸亏有丘君元武无日无夜的看护你，病渐渐的退了。你病中曾经有信给我，说你看看就要不济事了，这世界是我们健全者的世界，你不能再在这里多留恋了。夏天我从你那处听到子惠去世的消息，那知不到几天你自己也病了下来。你的害病，我们真是看得惯了。夏天又是最易感冒之时，并且冬天的大病，你都平安的度了过来，所以我当时并不在意。谁知道天下竟有巧到这样的事？子惠去世还不过一月，你也跟着不在了呢！

你死后我才从你的老相好处，听到说你过去的生活，你过去的浪漫的生活。你的安葬，也是他们当中的两个：龚君业光与周君容料理的。一个可以说是无家的孩子，如无根之蓬般的漂流，有时陪着生意人在深山野谷中行旅，可以整天的不见人烟，只有青的山色、绿的树色笼绕在四周，驮货的驴子项间有铜铃节奏的响着。远方时时有山泉或河流的琤琮随风送来，各色的山鸟有些叫得舒缓而悠远，有些叫得高亢而圆润，自烟雾的早晨经过流汗的正午，到柔软的黄昏，一直在你耳边和鸣着。也有时你随船户从急流中淌下船来。

两岸是高峻的山岩，倾斜得如同就要倒塌下来一般。山径上偶尔有樵夫背着柴担怡然的唱着山歌，走过河里，是急迫的桨声，应和着波浪舐船舷与石岸的声响。你在船舱里跟着船身左右的颠簸，那时你不过十来岁，已经单身上路，押领着一船的货物在大鱼般的船上，鸟翼般的篷下，过这种漂泊的生活了。临终的时候，在渐退渐远的意识中，你的灵魂总该是脱离了丑恶的城市，险诈的社会，飘飘的化入了山野的芬芳的空气中，或是挟着水雾吹过的河风之内了罢？

|朱湘作品精选|

在那时候，你的眼前，一定也闪过你长沙城内学校生活的幻影，那时的与黄金的夕云一般灿烂缥缈的青春之梦，那时的与自祖母的磁罐内偷出的糕饼一般鲜美的少年之快乐，那时的与夏天绿树枝头的雨阵一般的来得骤去得快，只是在枝叶上添加了一重鲜色，在空气中勾起了一片清味的少年之悲哀，还有那沸腾的热血、激烈的言辞、危险的受戒、炸弹的摩挲，也都随了回忆在忽明的眼珠中，骤热的面庞上，与渐退的血潮，慢慢的淹没入迷瞀之海了。

我不知道你在临终的时候，可反悔作诗不？你幽灵般自长沙飘来北京，又去上海，又去宁波，又去南京，又来北京；来无声息，去无声息，孤鸿般的在寥廓的天空内，任了北风摆布，只是对着在你身边漂过的白云哀啼数声，或是白荷般的自污浊的人间逃出，躲入诗歌的池沼，一声不响的低头自顾幽影，或是仰望高天，对着月亮，悄然落晶莹的眼泪，看天河边坠下了一颗流星，你的灵魂已经滑入了那乳白色的乐土与李贺济慈同住了。

> 巢父掉头不肯住，
> 东将入海随烟雾，
> 诗卷长留天地间，
> 钓竿欲拂珊瑚树。

你的诗卷中间有歌与我俩的诗卷，无疑的要长留在天地间，她像一个带病的女郎，无论她会瘦到那一种地步，她那天生的娟秀，总在那里，你在新诗的音节上，有不可埋没的功绩。现在你是已经吹着笙飞上了天，只剩着也许玄思的诗人与我两个在地上了，我们能不更加自奋吗？

（选自《中书集》，1934年10月，上海生活书店）

书

　　拿起一本书来，先不必研究它的内容，只是它的外形，就已经很够我们的赏鉴了。

　　那眼睛看来最舒服的黄色毛边纸，单是纸色已经在我们的心目中引起一种幻觉，令我们以为这书是一个逃免了时间之摧残的遗民。他所以能幸免而来与我们相见的这段历史的本身，就已经是一本书，值得我们思索、感叹，更不须提起它的内涵的真或美了。

　　还有那一个个正方的形状，美丽的单字，每个字的构成，都是一首诗；每个字的沿革，都是一部历史。飙是三条狗的风：在秋高草枯的旷野上，天上是一片青，地上是一片赭，中疾的猎犬风一般快的驰过，嗅着受伤之兽在草中滴下的血腥，顺了方向追去，听到枯草飒索的响，有如秋风卷过去一般。昏是婚的古字：在太阳下了山，对面不见人的时候，有一群人骑着马，擎着红光闪闪的火把，悄悄向一个人家走近。等着到了竹篱柴门之旁的时候，在狗吠声中，趁着门还未闭，一声喊齐拥而入，让新郎从打麦场上挟起惊呼的新娘打马而回。同来的人则抵挡着新娘的父兄，作个不打不成交的亲家。

　　印书的字体有许多种：宋体挺秀有如柳字，麻沙体夭矫有如欧字，书法体娟秀有如褚字，楷体端方有如颜字。楷体是最常见的了。这里面又分出许多不同的种类来：一种是通行的正方体；还有一种是窄长的楷体，棱角最显；一种是扁短的楷体，浑厚颇有古风。还有写的书：或全体楷体，或半楷体，它们不单看来有一种密切的感觉，并且有时有古代的写本，很足以考证今本的印误，以及文字的假借。

如果在你面前的是一本旧书，则开章第一篇你便将看见许多朱色的印章，有的是雅号，有的是姓名。在这些姓名别号之中，你说不定可以发现古代的收藏家或是名倾一世的文人，那时候你便可以让幻想驰骋于这朱红的方场之中，构成许多缥缈的空中楼阁来。还有那些圆圈，有的圈得豪放，有的圈得森严，你可以就它们的姿态，以及它们的位置，悬想出读这本书的人是一个少年，还是老人；是一个放荡不羁的才子，还是老成持重的儒者。你也能借此揣摩出这主人翁的命运：他的书何以流散到了人间？是子孙不肖，将他舍弃了？是遭兵逃反，被一班庸奴偷窃出了他的藏书楼？还是运气不好，家道中衰，自己将它售卖了，来填偿债务，或是支持家庭？书的旧主人是这样。我呢？我这书的今主人呢？他当时对着雕花的端砚，拿起新发的朱笔，在清淡的炉香气息中，圈点这本他心爱的书，那时候，他是决想不到这本书的未来命运。他自己的未来命运，是个怎样结局的；正如这现在读着这本书的我，不能知道我未来的命运将要如何一般。

更进一层，让我们来想象那作书人的命运：他的悲哀，他的失望，无一不自然的流露在这本书的字里行间。让我们读的时候，时而跟着他啼，时而为他扼腕叹息。要是，不幸上再加上不幸，遇到秦始皇或是董卓，将他一生心血呕成的文章，一把火烧为乌有；或是像《金瓶梅》《红楼梦》《水浒》一般命运，被浅见者标作禁书，那更是多么可惜的事情呵！

天下事真是不如意的多。不讲别的，只说书这件东西，它是再与世无争也没有的了，也都要受这种厄运的摧残。至于那琉璃一般脆弱的美人，白鹤一般兀傲的文士，他们的遭忌更

是不言可喻了。试想含意未伸的文人，他们在不得意时，有的樵采，有的放牛，不仅无异于庸人，并且备受家人或主子的轻蔑与凌辱；然而他们天生得性格倔强，世俗越对他白眼，他却越有精神。他们有的把柴挑在背后，拿书在手里读；有的骑在牛背上，将书桂在牛角上读；有的在蚊声如雷的夏夜，囊了萤照着书读；有的在寒风冻指的冬夜，拿了书映着雪读。然而时光是不等人的，等到他们学问已成的时候，眼光是早已花了，头发是早已白了，只是在他们的头额上新添加了一些深而长的皱纹。

咳！不如趁着眼睛还清朗，鬓发尚未成霜，多读一读"人生"这本书罢！

（选自《中书集》，1934年10月，上海生活书店）

|朱湘作品精选|

寓 言

从前的时候，人不怕老虎，老虎也不咬人。

有一天，王大在山里打了许多野鸡野兔，太多了，他一个人驮不动，只好分些绑在猎犬的背上，惹得那狗涎垂一尺，尽拿舌头去舐鼻子。猎户一面走着，一面心里盘算那只兔子留着送女相好，那只野鸡拿去镇上卖了钱推牌九。

他正这样思忖的时候，忽见前头来了一只老虎，垂头丧气的与一个大输而回的赌徒差不多。

王大说："您好呀？寅先生为何这般愁闷，愁闷得像一匹丧家之犬。看你那尾巴，向来是直如钢鞭的，如今却夹起在大腿之间了；还有那脚步向来是快如风的，如今也像缠了脚的老太太，进三步退两步了。"

老虎说："王老，你有所不知，说起来话真长着呢！"说到这里，他叹气连天的。"我家有八旬老母，双眼皆瞎，又有才满月的豚儿，还睡在摇篮里，偏偏在这时把拙荆亡去了。今天一清早，我就出去寻找食物，走了一个整天——"说到这里，他忽然看见王大背上与猎犬背上满载着的野品，便道："呀，原来都在这里，怪不得我空跑了一天呢！"

它接着哀恳道："王老，先下手为强，这句俗语我也知道。不过，我实在是家有老母小儿，他们已经整天不曾有一物下咽了。我如今正年富力强，饿上十天半个月还不打紧，他们一老一幼，却怎么挨得过呢！万一他们有个长短——"它说到

这里，忍不住的伤心大哭起来，一颗颗的眼泪，从大而圆的眼眶里面滴下，好像许多李子杏子似的。他的哭声惊动了头顶上树枝间的割麦插禾，一齐飞入天空，问道："这是为何？这是为何？"

王大只是摇头。

老虎又哀求道："不看金面看佛面，我前生也姓王，只看我额上的王字便是记认。你对于同宗，难道也忍心坐视不救吗？"

王大只是摇头。

老虎陡然暴怒起来，他大吼一声，跳上去把王大的头一口咬下来，说道："看你再摇，这铁石心肠的畜生！"

猎狗摇着尾巴，笑嘻嘻的说："大王，你过劳贵体了，让小畜替你把这些野鸡野兔连着王大的身体一齐驮去宝洞罢！"

自此之后，老虎知道人是一种贱的东西，只怕强权，不讲道理，于是逢着便咬，报他昔日的仇。

（选自《中书集》，1934年10月，上海生活书店）

迎 神

——檀香山岛作

　　是一个弦月之夜。白色的祈塔与巨石的祭坛竖立在海岸沙滩上。晚汐舐黄沙作声，一道道的潮水好像些白龙自海底应召而来。干如垩过的伞形棕榈静立在微光之下。朦胧中可以看见祭场四隅及中央的木雕与石镌的窄长而幻怪的神首，有如适从地府伸出头来，身躯尚在黄泉之内似的。

　　祭司身上一丝不挂，手执香炬，虔步入白塔之中。他旋转上塔的最高层，在寂静与缥缈中对着天空海洋默祷，求神祇下降。

　　祷了又祷，直到一颗星落下苍穹：神祇降了！他狂喜的——因为这一夜他若是祷不下大神来，便将被土人视为污渎而剥皮——他狂喜的挽起角螺来，自东西南北四方的窗棂吹出迎神之调，到居住在茅草铺的、或板木搭的房屋的岛民耳中，叫他们知道，神祇降了！

　　他们一片欢呼的，在祖裸之棕色身躯上围起青草扎成的短裙，把那用头发与鲸牙雕具编的圈链悬挂在颈项，手里敲着硕大的葫芦，舞蹈到沙滩之上来。

　　岛王闻声，披起了犬牙编制的胸甲，排列仪仗，双掌高捧一个白羽为面、赤羽为眉目口鼻的神首，领着王后宫女与侍卫的武士，也向沙滩而来。

　　祭坛上已经燃了鲸膏之燎。燎火闪灼的照见坛的四围，

以及各神首的周遭，都有岛民绕着在狂舞高歌。沉重郁闷的葫芦声响，嘹亮嘈杂的金器铿锵，杂着坛上燎火中柴木的爆裂，融合成了一曲热烈而奇异的迎神之歌。

但葫芦金器的声响，忽然停了，歌唱也止了，因为他们看见白羽的神面捧到了祭坛的燎火当前，他们一齐匍匐上了白沙之地。

侍御的胡刺乐工轻拨动胡刺的胶弦，在悄静中低语。有如从辽远的古昔中，行近了逝者的叹声，叹那些先他们而离世的泉下人，有些是漂着一叶刀鱼形的小舟，一去不回，葬身在鱼腹之中；有些是在这四周被海围起的小岛上，同繁殖的兽群争竞一息的生机，终于丧了生命。弦声颤抖着，哽咽着，把岛民的悲哀挣扎，一齐倾吐在这悄然谛听着的神首之前，求他继续着他的庇佑。不然，那终古拿舌舐着这岛屿的洋便会携带了长喙的鳄鱼、银甲的鲨色、须锐长如矛头的巨虾、头庞大过屋舍的长鲸，以及数不清的粘胶、恶臭、瘤疖满身如蟾拨、形状丑怪如魔鬼的海中物类，来湮没尽这岛屿，吞咽尽这些虔诚的男女，那时纯洁的祈塔、巩固的祭坛都要随了人类荡涤净尽、更无鲍金的声响、舞蹈的火焰，来娱悦这羽翼此岛的神祇了。

祭祀的牺牲这时已经都陈设在祭坛之上：白如处女的兔子、披着彩衣的野鸡、四掌有如鱼鳍的玳瑁、花皮有如人工的鱼类、顶戴王冠的波罗蜜、芬芳远溢的五谷——这些都由祭司捧着，绕行白羽的神面三周，投入了跳跃着伸舌的燎火之中。白烟挟着香味，像一条蜿蜒的白蛇升上了天空。

岛民又立起身，绕着白羽的神面，歌唱起来。这送神之歌不像迎神时那样嘈杂不安了。它像一个催眠的歌调，茅屋中祖裸的母亲在身画龙蛇的婴孩的摇篮旁边低吟的一个催眠的歌调;它好像自近而远,送神祇随了白烟飞腾上夜云之幕,送那如梦中幻景的一声不响的岛王与仪仗捧着白羽的神面复回岛宫,送那镰刀形的弦月暂时朦胧在昼夜无眠的浪涛上,终于沉下了海底。

和平与黑暗降下了这一片人已散尽火已烬灭的平沙之上,只有高耸的塔影、酣眠的棕榈尚可依稀的看见。

(选自《中书集》,1934年10月,上海生活书店)

日与月的神话

　　景深兄：近来作了几首英文诗，是取材自我国的神话，作时猛然悟出这些神话是极其美丽。即如太阳在文学中叫作金乌，这名字已经用滥了。但是我们把这两个字揣摩一番之后，便可知道她们好像一颗金橘，在很小的果皮之内蕴满了想象的甜汁，虽然随处都有，见年复生，仍旧减去不了它的佳妙。

　　把太阳比作乌鸦，有两层道理：很显明的一层便是太阳飞过天空像乌鸦一样，第二层道理是人在向太阳直望了一刻之后，转看他物，便如有一黑物阻梗在眼前。古人的想象把这黑的观念同飞的观念联络起来，于是把太阳比作了乌鸦。乌鸦的毛，因光泽之故，对光看时，呈现金色。这更使这比喻来得的确。

　　日起扶桑，日落若木：这并非异想天开，确有道理。太阳起落之时，云霞确实像树，枝条四展的树。若木的若字最有意味。并且乌鸦不是筑巢在树上吗？日起落时的霞彩是宇宙中美景之一，中外的诗人都曾极力描写过，有人比它作头发，那是英国的Spense，他的那行诗是状比朝霞，我忘记掉了，不过雪莱套他写了一行Blind with thine hair the eye sof Day（见《夜》），有人比它作阑干，那是英国的济慈，那行诗是When barred Cloud sbloom the soft-dying day（见《秋曲》），我在《日色》中也曾写过这样几行：

> 云天上幻出扇形，
> 仿佛羲和的车轮，
> 慢慢的沉没下西方。

这些譬喻中，试问，哪一个能胜过"扶桑"——桑，对了，那是中国的国树，不是oak，不是fir，不是linden，不是holly——试问哪一个能胜过"若木"——从"艹"字头的若，骤看起来，真像一个树名呢。

月亮有神，这是无论哪一国都那般想象的。但是自有文化的一两万年以来，却不曾有过一国像我们中国这样，对于月亮中的黑影也加以想象的解释。

桂树便是这样在月宫旁生长了起来。缥缈的桂花香息虽能稍解望月的人对这一轮圆镜中阴影的憎恶，古人的想象终于免不了造出一个吴刚来，掮起斧头去斫树根。但是斧头尽管砍它的，阴影仍然存留着。这当然是因为吴刚太老了，不中用了。要是换个壮汉子运斤成风，桂树是早已砍倒了。

后羿射落九日，只留一日，这传说的来源极古。年代久远，后人便把羿与太阳混合在了一起。他们见月升于日落时，日出时又隐去，便想象这是太阳在追赶着月亮。不能是月亮追赶太阳，因为从不曾有过阴追赶阳的事情。在他们想象中，太阳是后羿，于是月亮便成功了他的逃妻。其实我们知道，后羿的妻子并不曾偷到什么不死之药吞了，逃去月中作了月神，她是被后羿的国相寒浞偷了！月亮里有兔子那是当然。并且是白的家兔，不是黄的野兔。

这畜生捣霜的本领委实太差：你看那月光下的草地，不是溅满了霜沫吗？

（选自《中书集》，1934年10月，上海生活书店）

画 虎

"画虎不成反类狗，刻鹄不成终类鹜。"自从这两句话一说出口，中国人便一天没有出息似一天了。

谁想得到这两句话是南征交趾的马援说的。听他说这话的侄儿，如若明白道理，一定会反问："伯伯，你老人家当初征交趾的时候，可曾这样想过，征交趾如若不成功，那就要送命，不如作一篇《南征赋》罢。因为《南征赋》作不成，终究留得有一条性命。"

这两句话为后人奉作至宝。单就文学方面来讲，一班胆小如鼠的老前辈便是这样警劝后生：学老杜罢，学老杜罢，千万不要学李太白。因为老杜学不成，你至少还有个架子；学不成李的时候，你简直一无所有了。这学的风气一盛，李杜便从此不再出现于中国诗坛之上了。所有的只是一些杜的架子、或一些李的架子。试问这些行尸走肉的架子、这些骷髅，它们有什么用？光天化日之下，与其让这些怪物来显形，倒不如一无所有反而好些。因为人真知道了无，才能创造有；拥着伪有的时候，决无创造真有之望。

狗，鹜。鹜真强似狗吗？试问它们两个当中，是谁怕谁？是狗怕鹜呢？还是鹜怕狗？是谁最聪明，能够永远警醒，无论小偷的脚步多么轻，它都能立刻扬起愤怒之呼声将鄙贱惊退？

画不成的老虎，真像狗；刻不成的鸿鹄，真像鹜吗？不然，不然。成功了便是虎同鹄，不成功时便都是怪物。

成功又分两种：一种是画匠的成功，一种是画家的成功。画匠只能模拟虎与鹄的形色，求到一个像罢了。画家他深探入创形的秘密，发见这形后面有一个什么神，发号施令，在陆地则赋形为劲悍的肢体、巨丽的皮革，在天空则赋形为飘疾的翻翼、润泽的羽毛；他然后以形与色为血肉毛骨，纳入那神，搏成他自己的虎鹄。

拿物质文明来比仿：研究人类科学的人如若只能亦步亦趋，最多也不过贩进一些西洋的政治学、经济学，既不合时宜，又常多短缺。实用物质科学的人如若只知萧规曹随，最多也不过摹成一些欧式的工厂商店，重演出惨剧，肥寡不肥众。日本便是这样：它古代摹拟到一点中国的文化，有了它的文字、美术；近代摹拟到一点西方的文化，有了它的社会实业；它只是国家中的画匠。我们这有几千年特质文化的国家不该如此。我们应该贯进物质文化的内心，搜出各根柢的原理，观察它们是怎样配合的，怎样变化的，再追求这些原理之中有哪些应当铲除，此外还有些什么原理应当加入，然后淘汰扩张，重新交配，重新演化。以造成东方的物质文化。

东方的画师呀！麒麟死了，狮子睡了，你还不应该拿起那枝当时伏羲画八卦的笔来，在朝阳的丹凤声中，点了睛，让困在壁间的龙腾越上苍天吗？

（选自《中书集》，1934年10月，上海生活书店）

徒步旅行者

往常看见报纸上登载着某人某人徒步旅行的新闻，我总在心上泛起一种辽远的感觉，觉得这些徒步旅行者是属于另一个世界——一个浪漫的世界；他们与我，一个刻板式的家居者，是完全道不同不相为谋的。我思忖着，每人与生俱来的都带有一点冒险性，即使他是中国人，一个最缺乏冒险性的民族……希腊人不也是一个习于家居，不愿轻易的离开乡土的民族么？然而几千年来的文学中，那个最浪漫的冒险故事，《奥德赛》，它正是希腊民族的产品。这一点冒险性既是内在的，它必然就要去自寻外发的途径，大规模的或是小规模的，顾及实益的或是超乎实益的。林德白的横渡大西洋飞航，李尔得的南极探险，这些都是大规模的，因之也不得不是顾及实益的，——虽然不一定是顾虑到个人的实益，——唯有小规模的徒步旅行，它是超乎实益的，它并不曾存着一种目的，任是扩大国家的版图，或是准备将来军事上的需要，或是采集科学上的文献；徒步旅行如其有目的，我们最多也不过能说它是一种虚荣心的满足，这也是人情，不能加以非议——那一张沿途上行政人物的签名单也算不了什么宝贝，我们这些安逸的家居者倒不必去眼红，尽管由它去落在徒步旅行者的手中，作一个纪念品好了。这一种的虚荣心倒远强似那种两个人骂街，都要占最后一句话的上风的虚荣心。所以，就一方面说来，徒步旅行也能算得是艺术的。

史蒂文生作过一篇《徒步旅行》，说得津津有味；往常我读它，也只是用了文学的眼光，就好像读他的《骑驴旅行》那样。一直到后来，在文学传记中知道了史氏自己是曾经尝过徒步旅行的苦楚的，是曾经在美国西部——这地方离开苏格兰，他的故乡，是多么远！——步行了多时，终于倒在地上，累的还是饿的呢，我记不清楚了，幸亏有人走过，将他救了转来的，到了这时候我回想起来他的那篇《徒步旅行》，那篇文笔如彼轻灵的小品文，我便十分亲切的感觉到，好的文学确是痛苦的结晶品；我又肃敬的感觉到，史氏身受到人生的痛苦而不容许这种丑恶的痛苦侵入他的文字之中，实在不愧为一个伟大的客观的艺术家，那"为艺术而艺术"的一句话，史氏确是可以当之而无愧。

史氏又有一篇短篇小说，"Providence and the Guitar"，里面描写一个富有波希米亚性的歌者的浪游，那篇短篇小说的性质又与上引的《徒步旅行》不同，那是《吉诃德先生》的一幅缩影，与孟代（Catulle Mendés）的Je mén wais Par les chemins, li-re-lin一首歌词的境地倒是类似。孟氏的这首歌词说一个诗人浪游于原野之上，布袋里有一块白面包，口袋里有三个铜钱——心坎里有他的爱友——等到白面包与铜钱都被屠手给捞去了的时候，他邀请这个屠手把他的口袋也一齐捞去，因为他在心坎里依然存得有他的爱友。这是中古时代行吟诗人Troubadour的派头；没有中古时代，便容不了这些行吟诗人，连危用（Villon）都嫌生迟了时代，何况孟氏。这个，我们只能认它作孟氏的取其快意的寄寓之词罢了。

就那个由浪游者改行作了诗人的岱维士（W.H.Davies）说来，徒步旅行实在是他的拿手——虽说能以偷车的时候，他也乐得偷车。据他的《自传》所说，徒步旅行有两种苦处，狗与雨。他的《自传》那篇诚实的毫不浮夸的记载，只是很简单的

一笔便将狗这一层苦处带过去了；不知道他是怕狗的呢，还是他做过对不住狗这一族的事——至少，我们可以想象得出，狗的多事未尝不是为了主人，这个，就一个同情心最开阔的诗人说来，岱氏是应当已经宽恕了的；不过，在当时，肚里空着，身上冻着，腿上酸着，羞辱在他的心上，脸上，再还要加上那一阵吠声，紧追在背后提醒着他，如今是处在怎样的一种景况之内，这个，便无论一个人的容量有多么大，岱氏想必也是不能不介然于怀的。关于雨这一层苦处，岱氏说得很详尽；这个雨并"非润物细无声"的那种毛毛雨（其实说来，并不一定要它有声，只要它润了一天一夜，徒步旅行者便要在身上，心上沉重许多斤了），这个雨也并非"花落知多少"的那种隔岸观火的家居者的闲情逸致的雨，它不是一幅画中的风景，它是一种宇宙中的实体，濡湿的，寒冷的，泥泞的。那连三接四的梅雨，就家居者看来，都是十分烦闷，惹厌，要耽误他们的许多事务，败兴他们的各种娱乐；何况是在没遮拦的荒野中，那雨向你的身上，向你的没有穿着雨衣的身上洒来，浸入，路旁虽说有漾出火光的房屋，但是那两扇门向了你紧闭着，好像一张方口哑笑的向了你在张大，深刻化你的孤单，寒冷的感觉，这时候的雨是怎么一种滋味，你总也可以想象得出罢；不然，你可以去读岱氏的《自传》，去咀嚼杜甫的

　　布衾多年冷似铁，
　　娇儿恶卧踏里裂；
　　长夜沾湿何由彻！

那三句诗；再不然，你可以牺牲了安逸的家居，去作一个毫无准备的徒步旅行者。

杜甫也是一个迫于无奈的徒步旅行者；只要看他的

[朱湘作品精选]

芒鞋见天子
脱袖露两肘

这寥寥十个字，我们便可以想象得出，他是步行了多少的时日，在途中与多少的困苦摩肩而过，以致两只衣袖都烂脱了，我们更可以想象开去，他穿着一双草鞋，多半是破的，去朝见皇帝于宫廷之上，在许多衣冠整肃的官吏当中，那是，就他自己说来，够多么可惨的一种境况；那是，就俗人说来，多么叫人齿冷的一种境况……至所谓"相见惊老丑"，他还只曾说到他的"所亲"呢。

我记得有一次坐火车经过黄河铁桥，正在一座一座的数计着铁栏的时候，看见一个老年的徒步旅行者站在桥的边沿，穿着破旧的还没有脱袖的短袄，背着一把雨伞，伞柄上吊一个包袱；我当时心上所泛起的只是一种辽远的感觉，以及一种自己增加了坐火车的舒适的感觉……人类的囿于自我的根性呀！像我这样一个从事于文学的人尚且如此，旁人还能加以责备么？现在我所唯一引以自慰的，便是我还不曾堕落到那种嘲笑他们那般徒步旅行者的田地；杜甫的诗的沉痛，我当时虽是不能体味到，至少，我还没有嘲笑，我还没有自绝于这种体味。淡漠还算得是人之常情；敌视便是鄙俗了。

西方的徒步旅行者，我是说的那种迫于无奈的，我不知道他们是怎么一种行头，虽说吉卜西的描写与他们的插图我是看见过的，大概就是那般在街上卖毯子的俄国人的装束，就那般瑟缩在轮船的甲板上的外国人的装束想象开去，我们也可以捉摸到一二了……这许多漂泊的异乡人内，不知道也有多少《哀王孙》的诗料呢。

这卖毯子的人教我联想到危用，那个被驱出巴黎的徒步旅行者。他因为与同党窃售教堂中的物件，下了监牢，在

牢里作成了那篇传诵到今的《吊死曲》，他是准备着上绞台的了；遇到皇帝登位，怜惜他的诗才，将他大赦，流徙出京城，这个"巴黎大学"的硕士，驰名于全巴黎的诗人便卢梭式的维持着生活，向南方步行而去，在奥类昂公爵（Charles d'Orléans，也是一个驰名的诗人）的堡邸中，他逗留了一时，与公爵以及公爵的侍臣唱和了一篇限题为《在泉水的边沿我渴得要死》的ballade（巴俚曲）——大概也借了几个钱——接着，他又开始了他的浪游，一直到保兜地方，他才停歇了下来，因为又犯了事，被逼得停歇在一个地窖里。这又是教堂中人干的事；那个定罪名的主教治得他真厉害，不给他水喝——忘记了耶稣曾经感化过一个妓女——只给他面包吃，还不是新鲜的，他睡去了的时候，还要让地窖里的老鼠来分食这已经是少量的陈面包。徒步旅行者的生活到了这种田地，也算得无以复加了。

（选自《中书集》，1934年10月，上海生活书店）

江行的晨暮

美在任何的地方，即使是古老的城外，一个轮船码头的上面。

等船，在划子上，在暮秋夜里九点钟的时候，有一点冷的风。天与江，都暗了；不过，仔细的看去，江水还浮着黄色。中间所横着的一条深黑，那是江的南岸。

在众星的点缀里，长庚星闪耀得像一盏较远的电灯。一条水银色的光带晃动在江水之上。看得见一盏红色的渔灯。

岸上的房屋是一排黑的轮廓。一条趸船在四五丈以外的地点。模糊的电灯，平时令人不快的，在这时候，在这条趸船上，反而，不仅是悦目，简直是美了。在它的光围下面，聚集着有一些人形的轮廓。不过，并听不见人声，像这条划子上这样。

忽然间，在前面江心里，有一些黝黯的帆船顺流而下，没有声音，像一些巨大的鸟。

一个商埠旁边的清晨。

太阳升上了有二十度；覆碗的月亮与地平线还有四十度的距离。几大片鳞云黏在浅碧的天空里；看来，云好像是在太阳的后面，并且远了不少。

山岭披着古铜色的衣，褶痕是大有画意的。

水汽腾上有两尺多高。有几只肥大的鸥鸟，它们，在阳光之内，暂时的闪白。

月亮是在左舷的这边。

水汽腾上有一尺多高；在这边，它是时隐时显的。在船影之内，它简直是看不见了。

颜色十分清润的，是远洲上的列树，水平线上的帆船。

江水由船边的黄到中心的铁青到岸边的银灰色。有几只小轮在喷吐着煤烟：在烟囱的端际，它是黑色，在船影里，淡青，米色，苍白；在斜映着的阳光里，棕黄。

清晨时候的江行是色彩的。

（选自《中书集》，1934年10月，上海生活书店）

| 朱湘作品精选 |

烟 卷

我吸烟是近四年来的事——从前我所进的学校里，是禁止烟酒的——不过我同烟卷发生关系，却是已经二十年了。那是说的烟卷盒中的画片，我在十岁左右的时候，便开始收集了。我到如今还记得我当时对于那些画片的搜罗是多么热情，正如我当时对于收集各色的手工纸，各国的邮票那样。有的是由家里的烟卷盒中取来的，恨不得大人一天能抽十盒烟才好；还有的是用制钱——当时还用制钱——去，跑去，杂货铺里买来的。儿童时代也自有儿童时代的欢喜与失望：单就搜集画片这一项来说，我还记得当时如其有一天那烟盒中的画片要是与从前的重复了，并不是一张新的，至少有半天，我的情感是要梗滞着，不舒服，徒然的在心中希冀着改变那既成的事实。收集全了一套画片的时候，心里又是多么欢喜！那便是一个成人与他所恋爱的女子结了婚，一个在政界上钻营的人一旦得了肥缺，当时所体验到的鼓舞，也不能在程度上超越过去。

便是烟卷盒中的画片这一种小件的东西，就中都能以窥得出社会上风气的转移。如今的画片，千篇一律的，是印着时装的女子，或是侠义小说中的情节；这一种的风气，在另一方面表现出来，便是肉欲小说与新侠义小说的风行，再在另一方面表现出来，便是跳舞馆像雨后春笋一般的竖立起来，未成年的幼者弃家弃业的去求侠客的记载不断的出现于报纸之上。在二十年前，也未尝没有西洋美女的照相画片——性，那原是古

今中外一律的一种强有力的引诱；在十年以前，我自己还拿十岁时候所收集的西洋美女的照相画片之内的一张剪出来，插在钱夹里。——也未尝没有《水浒》上一百零八人的画片——《水浒》，它本来是一部文学的价值既高，深入民心的程度又深的书籍，可以算是古代的白话文学中唯一的能以将男性充分的发挥出来的长篇小说，（我当时的失望啊，为了再也搜罗不到玉麒麟卢俊义这张画片的缘故！）——不过在二十年前，也同时有军舰的照相画片，英国的各时代的名舰的画片，海陆军官的照相画片，世界上各地方的出产物的画片……这二十年以来，外国对于我国的态度无可异议的是变了，期待改变成了藐视，理想上的希望改变了实际上的取利；由画片这一小项来看，都可以明显的看见了。

当时我所收集的各种画片之内，有一种是我所最喜欢的，并不是为的它印刷精美，也不是为的它搜罗繁难。它是在每张之上画出来一句成语或一联的意义，而那些的绘画，或许是不自觉的，多少含有一些滑稽的意味。"若要工夫深，钝铁磨成针"，"爬得高，跌得重"，以及许多同类的成语，都寓庄于谐的在绘画中实体的演现了出来，映入了一个上"修身"课，读古文的高小学生的视觉……当时还没有《儿童世界》《小朋友》，这一种的画片便成为我的童年时代的《儿童世界》《小朋友》了。

画片，这不过是烟卷盒中的附属品，为了吸烟卷的家庭中那般儿童而预备的，在中国这个教育，尤其是儿童教育落伍的国家，一切含有教育意义的事物，当然都是应该欢迎、提倡的。——不过就一般为吸烟而吸烟的人说来，画片可以说是视而不见的；所以在出售于外国的高低各种，出售于中国的一些烟盒、烟罐之内，画片这一项节目是蠲除去了。

|朱湘作品精选|

烟卷的气味我是从小就闻惯了，嗅它的时候，我自然也是感觉到有一种香味——还有些时候，我撮拢了双掌，将烟气向嗅官招了来闻；至于吸烟，少年时代的我也未尝没有尝试过，但是并没有尝出了什么好处来，像吃甜味的糖，咸味的菜那样，所以便弃置了不去继续——并且在心里坚信着，大人的说话是不错的，他们不是说了，烟卷虽是嗅着烟气算香，吸起来都是没有什么甜头，并且晕脑的么？

我正式的第一次抽烟卷，是在二十六岁左右，在美国西部等船回国的时候；我正式的第一次所抽的烟卷，是美国国内最通行的一种烟卷，"幸中"（Lucky Strike）。因为我在报纸、杂志之上时常看到这种烟卷的触目的广告，而我对于烟卷又完全是一个外行，当时为了等船期内的无聊，感觉到抽烟卷也算得一条便利的出路，于是我的"幸中"便落在这一种烟卷的身上。

船过日本的时候，也抽过日本的国产烟卷，小号的，用了日本的国产火柴，小匣的。

回国以后，服务于一个古旧狭窄的省会之内；那时正是"美丽牌"初兴的时候，我因为它含有一点甜味，或许烟叶是用甘草焙过的，我便抽它。也曾经断过烟，不过数日之后，发现口的内部的软骨肉上起了一些水泡，大概是因为初由水料清洁的外国回来，漱口时用不惯霉菌充斥着的江水、井水的缘故，于是烟卷又照旧的吸了起来，数日之后，那些口内的水泡居然无形中消灭了；从此以后，抽烟卷便成为我的一种习惯了。医学所说的烟卷有毒的这一类话，报纸上所登载的某医士主张烟卷有益于人体以及某人用烟卷支持了多日的生存的那一类消息，我同样的不介于怀……大家都抽烟卷，我为什么不？如其它是有毒的，那么茶叶也是有毒的，而茶叶在中国

· 183 ·

原是一种民需，又是一种骚人墨客的清赏品，并且由中国销行到了全世界——好像烟草由热带流传遍了全世界那样。有人说，古代的饮料，中国幸亏有茶，西方幸亏有啤酒，不然，都来喝冷水，恐怕人种早已绝迹于地面了，这或许是一种快意之言，不过，事物都是有正面与反面的。烟、酒，据医学而言，都是有毒的，但是鸦片与白兰地，医士也拿了来治病。一种物件我们不能说是有毒或无毒，只能说，适当，不适当的程度，在施用的时候。

抽烟卷正式的成为我的一种习惯以后，我便由一天几支加到了一天几十支，并且，驱于好奇心，迫于环境，各种的烟卷我都抽到了，江苏菜一般的"佛及尼"与四川菜一般的"埃及"，舶来品与国货，小号与"Grandeur"，"Navycut"与"Straightcut"，橡皮头与非橡皮头，带纸嘴的与不带纸嘴的，"大炮台"与"大英牌"，纸包与"听"与方铁盒。我并非一个为吸烟而吸烟的人——这一点自认，当然是我所自觉惭愧的——我之所以吸烟，完全是开端于无聊，继续于习惯，好像我之所以生存那样。买烟卷的时候，我并不限定于哪一种；只是买得了不辣咽喉的烟卷的时候，我决不买辣咽喉的烟卷，这个如其算是我对于烟卷之选择上的一种限定，也未尝不可。吸烟上的我的立场，正像我在幼年搜罗画片，采集邮票时的立场，又像一班人狎妓时的立场；道地的一句话，它便是一班人在生活的享受上的立场。

我咀嚼生活，并不曾咀嚼出多少的滋味来，那么，我之不知烟味而作了一个吸烟的人，也多少可以自宽自解了，我只知道，优好的烟卷浓而不辣，恶劣的烟卷辣而不浓；至于普通的烟卷，则是相近而相忘的，除非到了那一时没得抽或是那抽得太多了的时候。

橡皮头自然是方便的，不过我个人总嫌它是一种滑头，不能叼在唇皮之上，增加一种切肤的亲密的快感，即使有时要被那烟卷上的稻纸带下了一块唇皮，流出了少量的血来，个人的，我终究觉得那偶尔的牺牲还是值得的，我终究觉得"非橡皮头"还是比橡皮头好。

烟嘴这个问题，好像个人的生活这个问题，中国的出路这个问题一样，我也曾经慎重的考虑过。烟嘴与橡皮头，它们的创作是基于同一的理由。不过烟嘴在用了几天以后，气管中便会发生一种交通不便的现象，在这种的关头上，烟油与烟气便并立于交战的地位，终于烟油越裹越多，烟气越来越少，烟嘴便失去烟嘴的功效了。原来是图求清洁的，如今反而不洁了；吸烟原来是要吸入烟气到口中，喉内的，如今是双唇与双颊用了许大的力量，也不能吸到若干的烟气，一任那火神将烟卷无补于实际的燃烧成了白灰，黑灰。肃清烟嘴中的积滞，那是一种不讨欢喜的工作；虽说吸烟是为了有的是闲工夫，却很少有人愿意将他的闲工夫用在扫清烟嘴中的烟油的这种工作之上。我宁可去直接的吸一支畅快的烟，取得我所想要取得的满足，即使熏黄了食指与中指的指尖。

有时候，道学气一发作，我也曾经发过狠来戒烟，但是，早晨醒来的时候，喉咙里总免不了要发痒，吐痰……我又发一个狠，忍住；到了吃完午饭以后，这时候是一饱解百忧，对于百事都是怀抱着一种一任其所之，于我并无妨害的态度，于是便记忆了起来，自己发狠来戒吸的这桩事件，于是便拍着肚皮的自笑起来，戒烟不戒烟，这也算不了怎么一回大事，肚子饱了，不必去考虑罢……啊，那一夜半天以后的第一口深吸！这或者便是道学气的好处，消极的。

还有时候，当然是手头十分窘急的时候，"省俭"这个

· 185 ·

布衣的，面貌清癯的神道教我不要抽烟，他又说，这一层如其是办不到，至少是要限定每天吸用的支数。于是我便用了一只空罐装好今天所要吸的支数；这样实行了几天，或是一天，又发生了一种阻折，大半是作诗，使得我悖叛了神旨，在晚间的空罐内五支五支的再加进去烟卷。我，以及一般人，真是愚蠢得不可救药，宁可将享受在一次之内疯狂的去吞咽了，在事后去受苦，自责，决不肯，决不能算术的将它分配开来，长久的去受用！

烟卷，我说过了，我是与它相近而相忘的；倒是与烟卷有连带关系的项目，有些我是觉得津津有味，常时来取出它们于"回忆"的池水，拿来仔细品尝的。这或许是幼时好搜罗画片的那种童性的遗留罢。也许，在这个世界上，事物的本身原来是没有什么滋味，它们的滋味全在附带的枝节之上罢。

烟罐的装璜，据我个人的嗜好而言，是"加利克"最好。或许是因为我是一个有些好"发思古之幽情"的文人，所以那种以一个蜚声于英国古代的伶人作牌号的烟卷，烟罐上印有他的像，又引有一个英国古代的文人赞美烟草的话，最博得我的欢心。正如一朵花，由美人的手中递与了我们，拿着它的时候，我们在花的美丽上又增加了美丽的联想。

广告，烟卷业在这上面所耗去的金钱真正不少。实际的说来，将这笔巨大的广告费转用在烟卷的实质的增丰之上，岂不使得购买烟卷的人更受实惠么？像一些反对一切的广告的人那样，我从前对于烟卷的广告，也曾经这样的想过。如今知道了，不然。人类的感觉，思想是最囿于自我，最漠于外界的⋯⋯所以自从天地开辟以来，自从创世以来，苹果尽管由树上落到地上，要到牛顿，他才悟出来此中的道理；没有一根拦头的棒，实体的或是抽象的，来击上他的肉体，人是不会在感觉，思想之上发生什么反应的。没有鲜明刺目的广告，人们便引不起对于一种货品的注意。广告并不仅仅只限于货品之上，求爱者的修饰，衣着便是求爱者的广告，政治家的宣言便是政治家的广告，甚至于每个人的言语，行为，它们也便是每个人的广告。广告既然是一种基于人性的需要，那么，充分的去发展它，即使消费去多量的金钱，那也是不能算作浪费的。

广告还有一种功用，增加愉快的联想。"幸中"这种烟卷在广告方面采用了一种特殊的策略；在每期的杂志上，它的广告总是一帧名伶、名歌者的彩色的像，下面印有这最要保养咽喉的人的一封证明这种烟并不伤害咽喉的信件，页底印着，最重要的一层，这名伶、名歌者的亲笔签名。或许这个签字是公司方面用金钱买来的，这种烟也无异于他种的烟，受恳的人并不至于受良心上的责备。购买这种烟卷的人呢，我们也不能说他们是受了愚弄，因为这种烟卷的售价并没有因了这一场的广告而增高——进一步说，宗教，爱国，如其益处撇开了不提，我们也未尝不能说它们是愚弄。这一场的广告，当然增加了这种烟卷的销路，同时也给予了购者以一种愉快的联想；本来是一种平凡的烟卷，而购吸者却能泛起来一种幻想，这个，那个名伶，名歌者也同时在吸用着它。又有一种广告，上面画着一个酷似那"它的女子"Clara Bow的半身女像，撮拢了她的血红的双唇，唇显得很厚，口显得很圆，她又高昂起她的下巴，低垂着她的眼睑，一双瞳子向下的望着；这幅富于暗示与联想的广告，我们简直可以说是不亚于魏尔伦（Velaine）的一首漂亮的小诗了。

抽烟卷也可以说是我命中所注定了的，因为由十岁起，我便看惯了它的一种变相的广告，画片。

（选自《中书集》，1934年10月，上海生活书店）

我的童年

一 引言

如今,自传这一种文学的体裁,好像是极其时髦。虽说我近来所看的新文学的书籍、杂志、附刊是很少数的,不过在这少数的印刷品之内,到处都是自传的文章以及广告。

这也是一时的风尚。并且,在新文学内,这些自传体的文章,无疑的,是要成为一种可珍的文献的。

从前,先秦时代的哲理文,汉朝的赋,唐朝的律诗、绝句,五代与宋朝的词,元朝的曲,明朝的小品文,清朝的训诂,这些岂不也都是一时的风尚么?

《论语》《孟子》《庄子》之内,那些关于孔丘、孟轲、庄周的生活方面的记载,只能说是传记体裁的。它们究竟有多少自传的性质,在如今,我们确是难以断言。

以著作我国的第一部正式历史的人,司马迁,来作成我国的第一篇正式的自传,《太史公自序》,这可以说是最自然不过的事情。当然,他的那篇《自序》,与我们心目中所有的关于自传这种文学体裁的标准,是相差很远的。

不过,由他那时候起,一直到清朝,我国的自传体文,似乎都是遵循了他的《自序》所采取的途径而进行的。

在新文学里面,来写自传体文,大概总存有两个目标,指引后学与抚今追昔。后学可以是自己的家人、学生,也可以是自己所研究的学问之内的后进,也可以是任何人。

我是一个作新诗的人。虽说也有些人喜欢我的诗,不过要说是，我如今是预备来作一篇诗的自传，指引后学，那我是决不敢当的。至于我的一般的生活，那只是一个失败，一个笑话——就作诗的人的生活这一个立场看来，那当然还要算是极为平凡；就一般的立场看来，我之不能适应环境这一点，便可以被说是不足为训了。

要说是抚今追昔，那本来是老年人的一种特权；如今，按照我国的算法，我不过是一个三十岁开外的人。

不过，文学便只是一种高声的自语，何况是自传体的文章？作者像写日记那样来写，读者像看日记那样来看。就是自己的日记，隔了十年、二十年来看，都有一种趣味——更何况是旁人的日记呢？并且，文人就是老小孩子，孩子脾气的老头子，就他们说来，年龄简直是不存在的。

二 旧文学与新文学

记得我之皈依新文学，是十三年前的事。那时候，正是文学革命初起的时代；在各学校内，很剧烈的分成了两派，赞成的以及反对的。辩论是极其热烈，甚至于动口角。那许多次，许多次的辩论，可以说是意气用事，毫无立论的根据。有人劝我，最好是去读《新青年》，当时的文学革命的中军，是刘半农的那封《答王敬轩书》，把我完全赢到新文学这方面来了。现在回想起来，刘氏与王氏还不也是有些意气用事，不过刘氏说来，道理更为多些，笔端更为带有情感，所以，有许多的人，连我也在内，便被他说服了。将来有人要编新文学史，这封"刘答王信"的价值，我想，一定很大。

大概，新文学与旧文学，在当初看来，虽然是势不两立；在现在看来，它们之间，却也未尝没有一贯的道理。新文学不

过是我国文学的最后一个浪头罢了。只是因为它来得剧烈许多又加之我们是身临其境的人，于是，在我们看来，它便自然而然的成为一种与旧文学内任何潮流是迥不相同的文学潮流了。

它们之间的歧异，与其说是质地上的，倒不如说是对象上的。

三　作小说

这还是十一二岁时候的事情。

那时候，在高小，上课完了以后，除去从事于幼年时代的各种娱乐以外，便是乱看些书。在这些书里，最喜欢的便是侠义小说。记得和一个同班曾经有过一种合作一部《彭公案》式的侠义小说的计划；虽说彼此很兴奋的互相磋商了许多次，到底是因为计划太大了，没有写……在那个时候，我们两个都是不出十四岁的少年。

除了旧小说以外，孙毓修所节编的《童话》也看得上劲。一定就是在这些故事的影响之下，我写成了我的第一篇小说创作。如今隔了有十七年左右，那篇，不单是详细的内容，就是连题目，我都记不清楚了。仿佛是说的一只鹦鹉在一个人家里面的所见所闻。

以后，也曾经想作过《桃花源记》式的文章，可是屡次都没有写成。

在新文学运动的这十几年之内，小说虽是看得很多，也翻译了一些短篇，不过这方面的创作却是一篇也没有。

据我看来，作小说的人是必得个性活动的，而我的个性恰巧是执滞，一点也不活动。

一定就是为了这个缘故，我在编剧、演剧两方面也失败了。

在十二三岁的时候，和两个同班私下里演剧；准备，化装，排演，真是十分热闹——其实，那与其说是演剧，还不如说是好玩。

在这一次的排演里面，我还记得，我是扮的一个女子。七年以后，学校里面正式的演剧，我由一个女子而改扮一个老太婆了！

扮演老太婆的那次，我是一个失败的。一上了剧台，身子好像是一根木棍；面部好像是一个面具；背熟了的剧词，在许多时刻，整段的不告而别。

居然有一个先生，他说我的老太婆的台步走得还像，也不知道他是安慰我，还是确有其事；因为，我的行步的姿态向来是极不优美的，身材不高而脚步却跨得很远，走路之时，是匆忙得很——我仿佛是对于四肢并没有多少筋节的控制力那样。至于我的两条臂膀，在走路的时候，摔出去很远，那更是同学之间的一种谈笑资料。

有时候，我勉强还可以演说，不料演剧的时候，居然是一塌糊涂到那种田地。这或者与我所以有时候可以写些短篇小说性质的小品文而却作不了短篇小说，是根源于同一种性格上的缺陷。

周启明所译的《点滴》，里面有一些散文诗性质的短篇小说；那一种的短篇小说，我看，或许便是像我这样性格的作诗的人所唯一的能作得了的。

四 读书

我是六岁启蒙的；家里请的老师；第一部书是读的《龙

文鞭影》。只记得这是一部四字一句的韵文史事书籍——关于它，我现在已经不记得其它的内容了。

书房在花园里；花园里那边是客厅。书房前面的院子里，有一个亭子。

老师大概是一个举人。我还记得，他在夏天里，是穿着一件细竹管编成的汗褂。

背不出书来，打手心的事情，大概是有——不过现在我是已经忘记了。

只记得，有一次，那是读完了《龙文鞭影》以后，读《诗经》的当口，我不知道是哪一页书，再也背不出来，老师罚我，非得要背出来，才放我下学。

只剩下我一个人，在书房里面；听见自己的声音，更加伤心，淌眼泪。大概是到底也没有背得出来，有家里大人讨保放我下学了。

十几年以后，我每逢想起《诗经》这一部书的时候，总是在心头逗引起了一种凄凉的情调，想必便是为了这个缘故。

八九岁，读完了《四书》，以及《左传》的一小部分。就是在这个时候，学着作文了。

这是在离家有几里远的一个书馆里的事情。有一次，只剩下我一个人在馆里，心里忽然涌起了寂寞、孤单的恐惧，忙着独自沿了路途，向家里走去……

这里是土地庙与庙前的一棵大树与树下的茶摊，这里是路旁的一条小河，这里是我家里田亩旁的山坡，终于，在家里前院的场地上，看见了有庄丁在那里打谷，这时候，我的心便放下了，舒畅了。

我的蒙馆生活是在十岁左右终止的。

十一岁时候，考取了高小一年级。这以后的十年，便是我的学校生活的期间，在小学，在大学期间，都曾经停过学。在一个工业学校的预科里面读过一年书。在青年会里读过英文。

说起来很有趣味：我后来又有机会看到我在工业学校里所作的一篇《言志》课卷，那里面说，将来学业完成了，除去从事于职业以外，闲暇的时候，要作一点诗，读一些诗文——这时，不用说，是旧诗的意思；这诗文，不用说，也是旧诗文的意思。

在工业学校里，教国文的先生是豪放一派的；他喜欢喝酒，有一个酒糟鼻子，魏禧的《大铁椎传》是他所特别赞颂的一篇文章。

后来，我又有过一个国文先生，有"老虎"之称；不过他谨饬些。便是在他的课堂上，在自由交卷的时候，我学着作新诗。虽说他是一个旧学者，眼光倒还算是开明的，对于我的新诗课卷，并不拒绝。

听说他，像教我《四书》《左传》的那个书馆先生那样，结局很是潦倒。

我读书，是决不能按部就班的。课本，无论先生是多么好，我对于它们总不能感觉到一种特殊的兴趣，便是那种我自己读我自己所选读的书籍，那时候所感觉到的兴趣。

大概，书的种类虽然是数不尽的多，不过，简单的说来，它们却只有两个。它们便是，不得不读的，以及自己爱读的书籍。由报纸一直到学校内的课本，就是不得不读的书籍。至于自己爱读的书籍，那就要看"自己"是谁了。譬如，我是一个作文、教书的人，我自己所爱读的书，要是与一个工程师所爱读的来对照，恐怕是会大不相同的。不过，普天下的大我，它却是有一种书籍决无不爱读之理的；那一种便是

小说。

我也是一个人,当然逃不出这定例。十二岁到十四岁,爱读侠义小说。十五岁左右,爱读侦探小说。二十岁左右,爱读爱情小说。

侠义小说的嗜好一直延续到十几年以后,英国的司各德,苏格兰的史蒂文生,波兰的显克微支,他们的侠义小说,我为了慕名、机缘等的缘故,曾经看了不少;实在是爱不忍释。

司各德各书,据我所看过的说来,它们足以使我越看越爱的地方,便是一种古远的氛围气,以及一种家庭之乐。家庭之乐这个词语,用来形容这些小说之内的那一种情调,骤看来或许要嫌不妥当,不过,仔细一想,我却觉得它要算是我所能找到的唯一的妥当的摹状之词了。这一种家庭之乐的情调,并不须在大团圆的时候,我简直可以独断的说,是由开卷的第一字起,便已经洋溢于纸上了。或许,作者所以能永远留念于世人的心上的缘故,便在于他能够把这种乐居的情调与那种古远的氛围气有机的融合在一起。

史蒂文生的各部小说之内,我最爱读的一部是 The Master of Ballantrae。这篇长篇小说,与作者的一篇中篇小说,Dr. Jekyll and Mr. Hyde 以及一篇短篇小说《马克汉》,在精神上,似乎有孪生的关系。这三篇文章,我臆断的看来,或许便是作者对于他在一生之内所最感到兴趣的那个问题的一个叙述与分析。

显克微支的人物创造,Zagloba 与莎士比亚的 Falstaff 同属于一个人物类型,而并不雷同。

上举的各种侠义小说,有些可以叫作历史小说、心理小说,以及其他的名字;各书之内,除去侠义之部份以外,还有言情,社会描写等等成分。这实在是一切小说的常例。因为小说，与生活相似，是复杂的。小说之能引起共同的爱好，其故亦即在此。

侦探小说，我除去柯南道尔的各部著作以外，看的不多。至于他的各部侦探小说，中译本我是差不多全看完了，在十五岁的时候，原文本我也看过一些，在二十五岁的时候。年龄的增加并不曾减退过我对于它们的爱好。

至于言情小说，我只说一部本国的，《红楼梦》。这部小说，坦白的说来，影响于人民思想，不差似《四书》《五经》。胡适之关于本书的考证，只就我个人来说，并不曾减少了我对于本书的嗜好；潜意识的，我个人还有点嫌他是多事。这是十年前，我在看亚东图书馆本的《红楼梦》那时候所发生的感想。至于这十年以来，整年的忙着授课，教书，谋生，并不曾再看过这部小说。我看我将来也不会教到"中国小说"这种课程，所以，我只有把十年前的那点感想坦白的说出来；至于本书的评价，那自然有在这一方面专门研究的人可以发言。

杜甫的诗我是爱读的。不过，正式的说来，他的诗我只读过四次；并且，每次，我都不曾读完。第一次是由《唐诗别裁集》里读的一个选辑，第二次是读了，熟诵了全集的很少一部份，第三次是上"杜诗"课，第四次是看了全集的一大半。十五岁以后，喜欢杜诗的音调；二十岁左右，揣摹杜诗的描写；三十岁的时候，深刻的受感于杜的情调。我买书虽是买的不多，十年以来，合计也在一千元以上，比上虽是差的不可以道里计，比下却总是有余；说起来可以令人惊讶，便是，杜诗我只买过石印一部，要是照了如今我对于杜诗的爱好说来，一买书，我必定会先把习见的各种杜诗版本一起买到。

只要是诗，无论是直行的还是横行的，只要是直抒情臆

195

的诗，无论作得好与不好，我都爱。爱诗并不一定要整天的读诗。从前，在十八岁到二十岁的时候，曾经有过几个时期，我发过呆气，要除去诗歌以外，不读其他的书籍；现在回想起来，倒觉得有趣——不过，或许，我现在之所以能写成一点诗，我的诗歌培养便是完成于那几个时期之内。我是一个爱读诗，爱作诗的人，而在我所购置的已经是少量的一些书籍之内，诗集居然是更少；这个，说给那些还喜欢我的新诗而并不与我熟识的读者听来，他们一定是会诧异的。

我曾经作过一首题名《荷马》的十四行，算是自己所喜欢的一些自作之一……其实，这个希腊诗人的两部巨著，我只是潦草的看过，并不曾仔细的研究一番。在我写那首诗的时候，并不曾有原文的节奏、音调澎湃在我耳旁，我的心目之前只有Elson Grammer School Reader里面的这两篇史诗的节略。这个，说出来了，一定会教读者失笑的，如其他是一个一般的读者；或是教他看不起，如其他是一个学者。

我是一个极好读选本的人。选本我可读了又读，一点也不疲倦。至于全集，我虽说在各方面也都看过一些，不过，大半，我只是匆促的看过一遍，就不看第二遍了。杜甫与莎士比亚是例外。这两个诗人，读上了味道，真是百读不厌；从前，现在的无穷数的读者所说的话，我到现在已经恳切的感觉到，并非人云亦云的一种慕名语，我并且自己欣幸，我现在已经达到了一个可以真诚的，深切的欣赏他们的诗歌的时期。他们的确是情性之正声。

说到不得不读的书籍，我是一个度过了二十年学校生活的人，当然，它们是课本了。在学生时期之内，我对于课本，无论是必修科还是选修科，是很不喜欢读的。现在回想起来，教育与生活一样，也是一种人为的磨炼……

朱湘作品精选

我当初既是不能适应学校的环境，自然而然的，到了现在，我也便不能适应社会的环境了。

我真是一个畸零的人，既不曾作成一个书呆子，又不能作为一个懂世故的人。

（选自《中书集》，1934年10月，上海生活书店）

投 考

他已经考取了高小一年级。

这是一个师范的附属小学校,在本城的小学之内,算是很好的。只要国文、英文、算术这三门里面,有一门考及了格,便可以录取入学;他是考国文录取了的。

投考的时候,他是坐人力车去的。在车上,他的一颗心忐忑不安。平时,坐车子本来是一件快乐的事,因为,坐车与走路的速率不同,一个孩童于对这个是敏感的——风迎了面吹来,那愉快的感觉,真不亚似在热天,老女工给他洗了一个澡以后,他坐在床上抚摩四肢、胸、腹在那时候所发生的那种愉快的感觉。可是,这一天,他只在脑筋里记挂着那个怕它来又要它快完的考试。身外的一切,他都忘记了,除去那个布包,里面放着笔墨,他用了一双出汗的手紧握住的。他也没有心思,像平常坐车子的时候那样,去看街道两旁的店铺、房屋了。

是一个长辈带领着他来应试。一声"停下!"的时候,他在心里震动了一下,发见了车子停住在一条柳树沿着小溪的路边,面前便是学校的大门。

他下了车。这校门,门上的铁榍,他要把颈子仰得很高才能望见的,门旁排的校名直匾就他看来是字写得巨大而触目动心的,颇像是他的心目中的一个学校老师,凛凛的。校门内,一条宽敞,平坦的道路直达附属小学校的校门。

他在家里读过书,在乡塾里读过书;至于踏进学校的门，这还是第一次。

这是一个与家馆，与乡塾迥不相同的地方。这条路是多么清静，整齐；路左边的柳树是多么碧绿，苗条；路右边的师范屋墙是多么高大，庄严！虽说学校里是要与许多素不相识的同学一起上课，读一些素来不知为何的书籍，他是很想考入这个学校的。他很想每天在这条路上走过，在上学，下学的时候，有很多也是来投考的人，跟着大人，从他的身边过去。看来，他们是若无其事的；并且，他们是那么络绎不绝的……这个，使得他的那颗已是慌乱的心更加慌乱了。有几个，大概是旧生，引领着兄弟或者亲戚来投考的，一路上谈谈笑笑；他颇是羡慕他们。

他在家馆里所读的书早已忘记了。倒是在乡塾里所读的《四书》，为了预备考这个学校的缘故，他曾经温习过。他，又在大人的督促之下，读了一点《古文观止》。至于作文，在乡塾里开了笔的，这几个月以来，他也作了一些功课；大人都还说是作得不错。他很喜欢看那些加在他的文课旁边的连圈；它们颇为使他觉得自傲。他希望，这次考试里面他所作的文章，学校老师也能够在上面加一些连圈。不过，题目是那么多，知道学校老师是要出哪一个呢？要是出一个他所曾经作过的题目，他想，那就容易了，他可以定下神来回想他的原稿；要是时刻来得及，他还可以多加上一些文章进去。只要说得很多，老师一定是喜欢的。最重要的一层是，不要写错了字，写别了字。他在走进附属小学校的校门的时候，心里这么想着。可是，万一出的是一个他所不曾作过的题目呢……

蝉声在柳树上喧噪着。他想起来了，家旁一口塘的岸边，也有蝉声在柳树的密叶里，不过，与这里的似乎不同，这里的似乎带着有抽噎的声音，不像塘岸上的那么热闹，那么自在。

带领着他来这里的长辈在问门房。

他挟着布包，跟在后面。这布包里有一枝笔，一个墨盒；墨盒是大人特为给他带来作考试之用的。他很怕墨盒里漏出了墨来，那时候，不仅笔与布包，便是他所穿的那件新单袍子都要弄脏了。当了老师，许多同伴的面，那未免是太难堪了。

他在走过一条廊。廊的左边是淡青色的墙壁，上面有瓦花窗；右边是一排胆色的廊柱，廊柱以外便是学校的操场，操场上有一些体育的设备，他并不知道名字，他很情愿在它们的上面玩耍，可是他又有一点害怕。廊与操场的那头，是一排满是玻璃窗的教室。这不像家馆的书房，因为老师就是睡在那书房里；这又不像乡塾的书房，因为那就是堂屋，并且没有这么多的窗子。教室里的设备是完全异样的。他觉得有趣——他极其想考进这个学校。他把布包打开了，看见墨盒里的墨汁并不曾漏了出来，他的心里宽畅了。

他的长辈去了会客室，留下他一个人在这里。

已经有一些同伴在教室里，等候着考试；不过，他并没有与他们之内的任何人交谈，一则认生，二则不知道能否考取，他没有勇气去与他们谈话，三则他在纳闷着，老师是要出怎么一个题目。

等得不耐烦了。他打开盒来，蘸笔，在带来的纸张上写字。他的手有一点颤抖。他不写字了；腹诵着前几天所读的一篇古文。腹诵了有一半，便梗住了，在第一天腹诵时候所梗住的那个地方；再也想不起下文来。

便是这时候，监考的老师进来了。他看见同试者都站了起来，在老师上了讲坛的时候，行一鞠躬礼，再坐下，他也跟着照样作了。他向老师望了一眼，似乎是心里惭愧，不知道这种仪节，又似乎是心虚，适才的那篇文章没有腹诵出来……还好，老师并没有向他看。

老师，沿了前排的座位，在分散着试题。他焦急的等候着。他很懊悔，进来教室的时候，为什么要靠了门坐上这一排的最末一个座位，为什么不去那边，坐在那边外面一排的第一个座位上，因为，那样，他便可以第一个接到试题，赶早作文了。

一张油印的试题，带着一张打稿子的纸，与试卷，由前桌的同试者交给了他。

是一个他所不曾作过的题目。不过，还不算是顶难。

他把试卷放进抽屉里去了，怕打草稿的时候，一不当心，会在那上面沾了墨渍。他看见同试者有许多是用铅笔在打草稿，那是快得多了，他想；所以，他很反悔，为什么不把家里给他买的那枝铅笔带来。不过，再一想，铅笔断了铅的时候，削起来是费事的，他又心里轻松了。

老师的脚步声过来过去个不停。除此以外，只听见纸张的窸窣声，与偶尔的一声抽屉响。

……会客室在哪里呢——他一边打着草稿，一边这样的想——交了卷以后，他怎么去他的长辈那里呢……要是有这个大人在旁边——并不用告诉他文章里面要怎样说，只要是坐在一旁，让他在心里觉得，他并不是一个人在这里，也用不着去愁会客室是在什么地方，他想，他的文章一定会作得很好。他在想家了。

草稿虽是不算十分满意，为的怕时候不早了，来不及誊清，他便只得从抽屉里面去取出试卷来。一句，一句的抄，那是很吃力的一件事，因为他想把文章抄得很工整，并且一个字也不错，而他的小楷却是写得极慢，极不好的。老师从他面前走过去的时候，他的手动了一动，想着把他的文章掩盖起

来；并且，脸忽的红了，心勃勃的跳得厉害。他以为老师是在看他的那一段自己颇是得意的文，心里有一点自傲。老师在他的一旁站了很久。他所坐的座位，加上他那种慌张的神情，着实是可疑的——不过，他自己并不觉得，他并不知道老师守望了许久是为的这个。

已经有几个人交卷了。这时候，他的文章也已经抄得只剩一两行了。他的心里宽畅了下去。同时，他反悔，早知道是如此，何以不把文章作得长一点呢？已经誊好了，它是难得再加的。不过，为了心里已经不慌乱的缘故，他的神智清醒了：他可以慢慢的誊抄着剩余的文章，等候着下一个交卷的人，一同出教室，那样，会客室便不愁找不到了。

他到了会客室。他的长辈向他要草稿看。那个，他并没有带出来，是被他放在试卷里面，一起交进去了，这是他的糊涂之处，因为，他既是在等候着旁人交卷，他应当是会知道旁人是把草稿给带走的。多么不幸的事情！他不能知道，试卷究竟是作得如何，它究竟能否教他考入这个学校！

他走过长廊的时候，向着教室、操场望了一眼；他那颗心里的一种滋味是异样的。

门外的蝉声十分喧噪；这是一个热闹的下午。他很想到塘边去抛瓦片。不过，他还是坐车回去的。

（选自《中书集》，1934年10月，上海生活书店）

| 朱湘作品精选 |

说诙谐

大概，诙谐的本质，与胳肢的，它们颇是相似。

这一次，我在一家理发店里，有理发匠替我捶背抠骨，抠到腰上的时候，我忍不住的笑出来了。后来，我一想，民间有一种俗话，说是怕胳肢的男人都是怕老婆的；肉体上的刺激与反应既然是无由避免，于是，我便不得不教理发匠停止了他的抠骨。普天下的男人，虽说是没有一个不怕老婆的，不过，他们决不肯透漏出此中的消息来，因之，道貌岸然的，他们，至少，要装扮成一个若无其事的模样。我们，对于那种直接的或是间接的有损于自我的尊严的诙谐，也是采取着同样的处置。

天幸的有一种男人，那种不怕胳肢的……这种人究竟存在与否，我实在是怀疑。以常理来测度，能忍住的男人是很多，至于完全能以胳肢了不笑的男人，那恐怕是不会有的。

一定便是为了这个缘故，剧本内不常见有诙谐——讽刺的大前提——的成分，而小说内却是不少，甚至于，有的整部都是诙谐的成分。诙谐而一下转成了讽刺，即使是泛指的，都已经是有损于自我的尊严；尤其是，忍不住的又笑了出来，这个更是可以教自我由羞而恼的在家里看小说，总不会有外人来窥破这种损己的秘密，并且，人的那种天生得需要诙谐的本性也可以凭此而发泄了。

（选自《中书集》，1934年10月，上海生活书店）

说自我

抓着这枝笔的手——自然是右手了。虽说不比吃饭,那是一定得要用口的,左手也可以写得字,不过,习惯教我从小起就用右手来写字了,并且话还有一样的说得。沸腾在这脑中的思想——也并不像爱伦·坡那样说的,文章先已经都打成了腹稿,接着才去把它抄录下来;只是一时间忽然意识到,这是一篇文章了,便提起笔来写下去,并不曾预计到内容将要是怎样的,只是凭赖了这一念之萌,就把这篇文章的将来交付进了它的手里。这只手与这一片思想,它们便是现在的自我。

记得也在许多的时候,曾经为了后来的运用而贮藏过一些材料在这个头颅里,不过,就了自觉的一方面说来,那些材料都还不曾使用过……至少,是并不曾像当时所想象的那样去使用过。我也可以预料到,将来自己再看这篇文章的时候,这创作过程中所感觉到的这一点心头的美味,仍然会复活起来;并且,有时候,还会发生一点惊讶与自喜。

这一个孱弱、矛盾的自我,客观的看来,它是多么渺小、短促,无价值;不过,主观的看来,它却便是一个永恒的一个宝贝,一个纳有须弥的芥子了。

它简直就是一个国家。

在它的国度之内,有主人,有仆人;也有战争,和解。

如其这颗心并不是我自己的,我真不知道要怎样的去妒忌它:因为,这个国度之内的乐趣都是"江汉朝宗"于它了。脑筋里思想，因了思想而获得的快乐，它是被心去享受了，肚子的命运似乎好一点，因为，在饥饿着的时候，它偶尔也能够感觉到一种暂时的乐趣——这种乐趣，与出游了好久以后回家来吞冷茶的那时候所感到的乐趣，恰好是一样。

《新生》的第一篇十四行里说，诗人看见自己的心被剜去了，这或者便是它的报应。

它实在是过于自私了。不说这整个的躯体都是无昼无夜的在供给它以甜美的螯刺；便是在这个躯体与其他的躯体，抽象的或是具体的，发生接触之时，乐趣也还不都全是它的。有的自我，在毁坏、苦痛其他的自我之中，寻求到快乐，也有的在创造、愉悦其他的自我之中；客观的说来，自然是后一种好，不过，主观的说来，两种的目标便只是一个。

自我的心便是国家的银行。

科学，哲学，等于脑；宗教，艺术，等于心。

（选自《中书集》，1934年10月，上海生活书店）

说说话

　　我是一个口齿极钝的人，连普通的应酬我都不能够对付，所以，我对于说话说得极多并且极为伶俐的人是十分的羡慕。好像手工、图画这两样，我从前在学校里面读书的时候，十分的羡慕着那些成绩优美的同学那般。

　　"洒扫"，"应对"，这本是古训里所说的一种儿童所应受的教育；在三十年左右的家庭之内，"洒扫"这一项家庭教育的项目似乎是已经普遍的废除了，至于"应对"，大人也不过在说错了的时候，提撕一句；在说得不好的时候，叹一口气；或是灰心了的不作声：他们并不每天划出若干时刻来教授儿童以"应对"这一种课程，或是聘请一个家庭教师来教授，或是用了家长的名义向学校方面要求着在学校课程内增加这一课程。于是，说话我便从小不会了。其实，即使是学校内有"应对"这一种课程，我也不见得能够学的好——不见手工、图画，我是成绩那么拙劣么？

　　大概，说话时候所须注重的第一点是，从何说起。照例的寒暄，这已经是难于开口了，因为它颇有一点像学校里面国文班上所出的题目，这题目的范围之内所可说的话差不多早已经被旁人说完了，要想推陈出新，决不是一件容易事。至于，由寒暄进而作宽泛的谈话，那简直是我所害怕的，好像从前在中学的头几年里我怕学期、学年的大考那样。不晓得对谈的人爱听的是哪一种话；即使晓得了，自己也多半不见得能够在这一方面搜索枯肠可以搜索得一些——不说许多——谈话的资料来。面对面的僵坐着,终究不是事,于是,急忙之内,我便开口说话了……不幸,我所说的话恰巧是对谈的人所不爱听的,甚至于,他所认为是存心得罪的。这简直是糟糕!因为,已经是僵窘的对话,如今又加添了一种意气的成分进去了。这个,在一个不善辞令的人处来,是最难受的了。反报么,间接的便实证了适才所无心呐出的话是有意的;不反报么,未免有失身份;解释么,一个不会说话的人要想解释一句失言,我经验的知道,是不仅无补,并且会增加误会的。那么,只好不作声了。这个,并不见得能把严重的局面缓和下去。因为,这时候的面部表情,如其是沉闷的,对谈的人可以测想为臆怪;如其是和悦的,对谈的人又可以测想为在肚里暗笑。

　　模棱两可,这是说话时候所须注重的第二点。人世间的事情,最难料到是要怎么变化的。要是说出了一句肯定的话来,而事情的转变并不是像肯定的那样,这时候,曾经听见了这句话的人未免是要对于说者的判断力发生怀疑了。这个,在社会上,是极为有损于说者的。所以,一个人要是想不在这一方面吃亏,最好是在说话的时候不着边际;如此,事情无论是怎么收场,这模棱两可的话,虽然不见得是说中了,至少是没有说错。还有一层。人与人之间,在多种的情境内,是不能够说直话的;撒谎既不是一件社会上所容许的事情,那么,便只好把话说得令人难以捉摸了。

　　空洞无物,这是说话时候所须注重的第三点。一个人与一个人见了面,谈起话来,这一番对话,当然的,是集中于一件事情之上了。这件事情,过去的情形怎样,将来会怎样,现在对话时候是要这样的去接近,这些,在每个对话者的胸内,差不多都已经有了一个谱子;既然如此,在本题之上,便

不需要作文章，只要旁敲侧击，借了一些题外的话来达意，也就够了。喜欢绕弯子，或许是人的一种生性，因为绕弯子是有玄秘的色彩，艺术的色彩的。

　　面部表情，这是说话时候所须注重的第四点。譬如说，你现在说出了一句想起来是极为滑稽的话来，这时候，你的面部表情应当是严肃的，因为，那样，教听者在事后回想起来，会更觉得有趣。又譬如说，你说挖苦的话，便应当在面部呈露出一种和蔼可亲的模样；那样，听者，如其不是十分聪明的，便不会立刻悟出你是在挖苦他，你既然可以逃避去当场的反报，又可以让他在事后寻思，悟出来了的时候，去饱尝那一种自羞自悔的酸滋味。

　　这些便是一个不会说话的人对于说话这种艺术的观察。或许天下居然会有人，同我一样的拙于辞令，那么，这一番的说话，不能说是有什么帮助，只能说是，让他看了，可以与我同发一声慨叹，会说话的人真是天生的，人为不了。

（选自《中书集》，1934年10月，上海生活书店）

|朱湘作品精选|

想入非非

——贾宝玉在出家一年以后去寻求藐姑射山的仙人

自从宝玉出了家以来，到如今已是一个整年了。从前的脂粉堆，如今的袈裟服；从前的立社吟诗，如今的奉佛诵经……这些，相差有多远，那是不用说了。却也是他所自愿，不必去提。

只有一桩，是他所不曾预料得到的。那便是，他的这座禅林之内，并不只是他自己这一个僧徒。他们，恐怕是只有很少的几个人，像他这般，是由一个饱尝了世上的声色利欲的富家公子而看破了凡间来皈依于我佛的。从前，他在史籍上所知道的一些高僧，例如达摩的神异，支遁的文采，玄奘的渊博，他们都只是旷世而一见的，并不能以在任何地方，任何时候都遇到。他所受戒的这座禅林；跋涉了许久，始行寻到的，自然是他所认为最好的了。在这里，有一个道貌清癯，熟谙释典的住持；便是在听到过他的一番说法以后，宝玉才肯决定了：在这里住下，剃度为僧的。这里又有静谧的禅房可以习道；又有与人间隔绝的胜景可以登临。不过，喜怒哀乐，亲疏同异，那是谁也免不了的，即使是僧人。像他这么，整天的只是在忙着自己的经课，在僧众之间是寡于言笑的，自然是要常常的遭受闲言冷语了。

黛玉之死，使得他看破了世情的，到如今，这一个整年以后，在他的心上，已经不像当初那么一想到便是痛如刀割了。甚至于，在有些时候——自然很少——他还曾经纳罕过，妙玉是怎么一个结果：她被强盗劫去了以后，到底是自尽了

呢，还是被他们拦挡住了不曾自尽；还是，在一年半载，十年五载之后，她已经度惯了她的生活，当然不能说是欢喜，至少是，那一种有洁癖的人在沾触到不洁之物那时候所立刻发生的肉体之退缩已经没有了。

虽然如此，黛玉的形象，在他的心目之前，仍旧是存留着。或许不像当时那样显明，不过依然是清晰的。并且，她的形象每一次涌现于他的心坎底层的时候，在他的心头所泛起的温柔便增加了一分。

这一种柔和而甜蜜的感觉，一方面增加了他的留恋，一方面，在静夜，檐铃的声响传送到了他的耳边的时候，又使得他想起来了烦恼。因为，黛玉是怎么死去的？她岂不便是死于五情么？这使得她死去了的五情，它们居然还是存在于他，宝玉的胸中，并且，不仅是没有使得他死去，居然还给予了他一种生趣！

在头半年以内，无日无夜的，他都是在想着，悲悼着黛玉。这是很自然的事情。半年快要完了的时候，黛玉以外的各人，当然都是女子了，不知不觉的，渐渐的侵犯到他的心上，来占取他的回忆与专一。以至于到了下半年以内，她们已经平分得他的思想之一半了。这个使得他十分的感觉到不安，甚至于，自鄙。他在这种时候，总是想起了古人的三年庐墓之说……像他与黛玉的这种感情，比起父母与子女的感情来，或者不能说是要来得更为浓厚一些，至少是，一般的浓厚了；不过，简直谈不上三年的极哀，也谈不上后世所改制的一年的，他如今是半年以后，已经减退了他的对于黛玉之死的哀痛了。他也曾经想过各种各样的方法，要使得他的心内，在这一年里面，只有一个林妹妹，没有旁人——但是，他这颗像柳絮一般的心，漂浮在"悼亡"之水上的，并不能够禁阻住它自己，在其他的水流汇注入这片主流的时候，不去随了它们所激荡起的波折而回旋。

  天长地久有时尽，
  此恨绵绵无尽期。

  这两句诗，他想，不是诗人的夸大之辞，便是他自己没有力量可以做得到。

  在这种时候，他把自己来与黛玉一比较，实在是惭愧。她是那么的专一！

  也有心魔，在他的耳边，低声的说：宝钗呢？晴雯呢？她们岂不也是专一的么？何似他独独厚于彼而薄于此？并且，要是没有她们，以及其他的许多女子，在一起，黛玉能够爱他到那种为了他而情死的田地么？

  他不能否认，宝钗等人在如今是处于一种如何困难，伤痛的境地；但是，同时，黛玉已经为他死去了的这桩事实，他也不能否认。他告诉心魔，教它不要忽略去了这一层。

  话虽如此，心魔的一番诱惑之词已经是渐渐的在他的头颅里着下根苗来了。他仍然是在想念着黛玉；同时，其他的女子也在他的想念上逐渐的恢复了她们所原有的位置。并且，对于她们，他如今又新生有一种怜悯的念头。这怜悯之念，在一方面说来，自然是她们分所应得的；不过，在另一方面说来，它便是对于黛玉的一种侵夺。这种侵夺他是无法阻止的，所以，他颇是自鄙。

  佛经的讽诵并不能羁勒住他的这许多思念。如其说，贪嗔爱欲便是意马心猿，并不限定要做了贪嗔爱欲的事情才是的，那么，他这个僧人是久已破了戒的了。

  他细数他的这二十几年的一生，以及这一生之内所遭遇

到的人，贾母的溺爱不明，贾政的优柔寡断，凤姐的辣，贾琏的淫，等等，以及在这些人里面那个与他是运命纠缠了在一起的人，黛玉——这里面，试问有谁，是逃得过五情这一关的？人世间的悲欢离合，无一不是五情这妖物在里面作怪！

由我佛处，他既然是不能够寻求得他所要寻求到的解脱，半路上再还俗，既然又是他所吞咽不下去的一种屈辱，于是，自然而然的，他的念头又向了另一个方向去希望着了。

庄子的《南华真经》里所说的那个藐姑射山的仙人，大旱金石流而不焦，大浸稽天而不溺，那许是庄周的又一种"齐谐"之语，不过，这里所说的"大旱"与"大浸"，要是把它们来解释作五情的两个极端，那倒是可以说得通的。天下之大，何奇不有？虽然不见得一定能找到一个真是绰约若处子的藐姑射仙人，或许，一个真是槁木死灰的人，五情完全没有了，他居然能以寻找得到，那倒也不能说是一件完全不可能的事体。

他在这时候这么的自忖着。本来，一个寻常的人是决不会为着钟爱之女子死去而抛弃了妻室去出家的；贾宝玉既然是在这种情况之内居然出了家，并且，他是由一个唯我独尊的"富贵闲人"一变而为一个荒山古刹里的僧侣的，那么，他这样的异想天开要去寻求一个藐姑射仙人，倒也不足为奇了。

由离开了家里，一直到为僧于这座禅林，其间他也曾跋涉了一些时日。行旅的苦楚，在这一年以后回想起来，已经是褪除了实际的粗糙而渲染有一种引诱的色彩了。静极思动，乃是人之常情。于是，宝玉，着的僧服，肩着一根杖，一个黄包袱，又上路去了。

（选自《中书集》，1934年10月，上海生活书店）

朱湘作品精选

文艺作者联合会

　　文学这种工作可算得最自由了；凡是"心之所之"的话都尽可以说得。不过话说出去以后，是要人听的。话要是说得有理，说得好，那就必得求其理与好传到可能的最多数之中去。这里有一层困难，便是，说话的人太多了，读者们将要何舍何从呢？倘若能设立"文艺作者联合会"，会中有大家信仰的批评者组织起来一个新书审荐委员会，在机关月刊上评荐本月份各文学类别中的佳著，给读者以指导，那真要算是最圆满的解决方法了。

　　文学是一种职业，而同时精神最涣散的又算文人。出版业有了结合，文人却没有。作者中的夭亡，不须有的磨难，以及改行，投机等等，固然一部分要怪读者的稀少，外界的迫力，而一大半还要归咎于作者全体之无团结力。

　　文人并不一定要参加政治或社会的运动，才能说是"走到十字街头"；组织一个保护权利，增进公益的团体，使它能遵循了正轨来进行，发展，并且把我国社会中最可恨而最常见的一种现象，倾轧，设法去避免：这正是一班作者的唯一的来表现社会力的途径。

　　保障作者的权利方面有对外的与对内的两种工作。对外上最扼要的一点是稿酬。无论是售权或抽率，都应当按照一般书籍的销路以及未来之可能性，订出一种最低的格例，用联合会的力量，监察着出版业去践行。还有稿权的专利，应当明定年限，按照国际的通例，以作者卒后的第三十七年度为

专利权的消尽期，并且规定作者的承继人有承继此种专利权的权利。这各项拟有具体的计划书之时，应当向当事的立法机关，行政机关交涉，进行，凭了自身的正义以及舆论的协助，求其定为律法，各方面遵行。

翻译西书时，如原著的专利权对于工作发生阻碍，可由联合会代替译者办理一切扫除障碍的手续。联合会到了势力雄厚之时，并可设立译事计划委员会，拟成系统的介绍翻译他国之文艺名著的计划，征选此种工作的健者分别担任。日本的翻译事业比我们发达得多，大家不肯作黄种中的牛后，这便是努力的时机了！

介绍我国的新旧文艺到外国去，也应该立为此会的目标之一，到了此会的实力充足了之时，便该立刻筹计出妥善的办法来进行。

保障权利方面对内的工作是侵袭的预防与惩罚，转载与采用的条例之规定。

促进公益方面，最重要的事件是失业者的救济，无名作家的援助，诗歌创作的提倡。文艺作者的性格是最怪僻，执拗的，一句话不投机，或是坚持一种异于流俗的主张，便可以自绝于生路。我所知道的，刘梦苇已经因此牺牲了充满希望的一生，这样的悲剧我们决不可坐看以后再行复演。联合会成立了，对于这类的失业者便可以推荐作品，或是给与实际的帮助。

小孩子走路，头一年最苦。初入境的作者，心中那种疑惧，不自信，简直就是地狱里的刀山。初期的作品难逃是幼稚的，不满己意的，加上文稿封寄后那长期的慢得像鲁阳挥了戈的守候——比起这种情景来，那求爱的第一书实在算不得什么。但是，感伤无益，我们要想一个补救的实际办法！

诗歌之重要，不须多说。何以在世界诗坛上占有极高位置的中国诗歌，到如今连书都不见出版了呢？是写诗的后人不争气？是中国已经变成了那全市没有公共图书馆的上海？

（选自《中书集》，1934年10月，上海生活书店）

诗 论

| 朱湘作品精选 |

三百篇中的私情诗

　　《诗经》中有许多美妙的私情诗，正如《圣经》中有一篇美妙的《所罗门之歌》一般，《所罗门之歌》为《圣经》注解者所误解，《诗经》中的私情诗也遭遇了同样的命运，即如《邶风》中的《柏舟》明明是一篇极好的"弃妇词"，就是同《孔雀东南飞》比起来也不相后，而注解者偏硬说它是"言仁而不遇也；卫顷公之时，仁人不遇，小人在侧！"就中私情诗尤为一班的注家所误解，他们不仅是《诗经》的罪人，他们并且是孔子的罪人，因为孔子说过的，凡是要使于四方的人必得要读《诗经》。做使臣的人求能不辱使命，也没有别的法子，只是在辞令上用心罢了。试问《诗经》中是哪一部分能教人善于辞令？试问孔子当时说出那些话的时候，心目中指着是《诗经》中的那一部分？不是那些私情诗吗？广义的说来，不是那些情诗吗？试问不善辞令的人能够说出"大夫夙退，无使君劳""虽则如毁，父母孔迩""厌行露！岂不夙夜？谓行多露""将仲子兮，无逾我里，无折我树杞。岂敢爱之？畏我父母"这一类的俏皮委婉的话来吗？所以我评孔子倒真是一个懂"诗"的人，他是决不会将纯粹的情诗附会到历史上去，将"仲子"解为"刺庄公也；不胜其母以害其弟，弟叔失道而公弗制，祭仲谏而公弗听，小不忍以致大乱焉"的；他也是决不会将情诗附会到极可发噱的事实上去，如解《郑风》的《子衿》为"刺学校废也；乱世则学校不修焉"的。

　　我们不必在这些曲解的注"诗"家的身上多耽搁罢，且

让我们"携手同行"去直接鉴赏一些美妙的私情诗。情诗上标明一个"私"字，是缩小范围的意思，因为《诗经》中还有一种"非私"的情诗，即咏夫妻之情的诗，它们也是很多的，如《周南》中的《卷耳》（一首佳妙的"怀人诗"），《汝坟》（一首佳妙的"相见欢"），《齐风》中的《鸡鸣》（一篇佳妙的Curtain lecture），均是很好的例子。

仅就私情而言，好例子也是极多，如上举的《行露》《将仲子》皆是，又如《召南·野有死麕》篇中的无使，也吠！《邶风·静女》篇中的爱而不见，搔首踟蹰。匪女之为美，美人之贻。

——注家解为"卫君无道，夫人无德"！幸亏卫君与夫人皆已去世了！——《卫风·氓》篇中的士之耽兮，犹可说也；女之耽兮，不可说也。

——几千年后，情形还是照旧——《郑风·山有扶苏》篇中的不见子都，乃见狂且！不见子充，乃见狡童！

——明明是幽会时喜极而谑之词，乃注解家解为"刺忽也；所美非美然！"真是"所美非美然"！——《狡童》篇中的彼狡童兮，不与我言兮。维子之故，使我不能餐兮。

——注解家看到这篇诗的时候，毫不迟疑的将"刺忽也"的"万应膏药"向上一贴——《子衿》篇中的青青子衿，悠悠我心；纵我不往，子宁不嗣音？挑兮达兮，在城阙兮；一日不见，如三月兮。

——"刺学校废也；乱世则学校不修焉！"这学校是唯情学校吗？——《溱洧》篇中的溱与洧，方涣涣兮；士与女，方秉蕑兮。女曰，"观乎？"士曰，"既且。"且往观乎洧之外，洵訏且乐；维士与女，伊其相谑，赠之以芍药。

——如今是"赠之以钻戒"了。《唐风·绸缪》篇中的子兮子兮，如此良人何？

——明明是两句喜极而作珍重之词；"婚姻不得其时"？

——《无衣》篇中的岂曰无衣七兮，不如子之衣，安且吉兮。——道德的注解家是再不肯，或不能，把这句诗看为珍惜情人馈遗之词的。——我看见了这许多的私情诗，不觉为它们的两种长处所惊，一是它们俏皮，二是它们真实。俏皮，所以眼光如炬的孔子教出使的人去学它们的口齿伶俐；真实，所以四千年后的读者看见它们的时候，诗中的情形还是恍如目睹（虽然不必身历）。

古代的民歌

《乐府诗集》是一部极有价值的书，此书包括有许多极好的民歌，它又包括有许多考古的材料，我的性子是不近考古的，如今我就诗歌的眼光来批评这部书。

从前英国有白西主教（Bishop Percy）搜集英国古代的民歌，作成了他的《古代诗歌遗珍集》（Reliques of Ancient Potry）一书，这书在后来的英国诗坛上引起了很大的影响。"浪漫复活时代"承"古典时代"之敝，正在徘徊于绝路的时候，忽然看见了《遗珍集》这样一部新鲜脱套的民歌集，不觉想象中十分的白热起来，因之在"古典时代"的此路不通的道途外另外走出了一条美丽的路，我们中国的旧诗，现在的命运正同英国"浪漫复活时代"的"古典主义"的命运一般，就是它已经变成了一个宝藏悉尽的矿山，它无论再掘上多少年，也是要徒劳无功的了；为今之计，只有将我们的精力移去别处新的多藏的矿山，这一种矿山，就我所知道的，共有三处，第一处的矿苗是"亲面自然（人情包括在内）"，第二处的矿苗是"研究英诗"，第三处的矿苗便是"攻古民歌"。古民歌除了《乐府诗集》之外，是更无他处可以找到了；我国的诗歌如果能够遵了我所预言的三条大道进行，则英国"浪漫复活时代"的诗人也不能专美于前了。

古代的民歌与一切的诗完全歧异：它并不像诗般限制题材，它是任何题材——只要引起他的情感的——都拿来写，它写这一种新的题材的时候，毫不迟疑，不像一班作诗的人要看看从前的名家曾经写过这一种的题材没有，胸中怀着十二分的犹豫；一班诗的仿效者只知戴上古人的眼镜来看自然，决不肯，决不赞成，用自己的眼睛来看，作民歌的人则因眼界清净，并无古人的影子阻梗其间，所以他能赤裸裸的将真实的自然看出，它也像诗般用喻陈陈相因，它是以此譬喻是否鲜明来作选用的标准，决不像一班庸碌的作诗的人要步步小心谨慎的摹仿前人，凡是前人未曾用过的譬喻他都不敢去用；民歌在句法上极其自由，有三字一句的，四字一句的，五字一句的，六字一句的，七字一句的，一篇之中，长短错落，极其生动，民歌又喜欢在文字上游戏，这一种特点虽然过于注意了，很能引起重大的恶影响，但能用的得当，也未尝不能添加一种新鲜的风味：这便是民歌的五种特采，题材不限，抒写真实，比喻自由，句法错落，字眼游戏。

民歌中的字眼游戏分为两类：异形同音字的游戏，同音异义字的游戏。第一类的异形同音字的游戏如"碑""悲"：

　　石阙昼夜题，碑泪常不燥。

　　三更昼石阙，忆子夜啼碑。

　　石阙生口中，衔碑不得语。

　　闻乖事难谐，况复临别离？伏龟语石板，方作千岁碑。

又如"莲""怜"：

　　我念欢的的，子行由豫情：雾露隐芙蓉，见莲不分明。

　　余花任郎摘，慎莫罢侬莲。

　　作生隐藕叶，莲侬在何处。

　　湖燥芙蓉萎，莲汝藕欲死。

又如"梧""吾"：

桐树生门前,出入见梧子。

仰头看桐树,桐花特可怜。愿天无霜雪,梧子解千年。

桐树不结花,何由得梧子。

又如"题""啼":

石阙昼夜啼,碑泪常不燥。

顿书千丈阙,题碑无罢时。

又如"蹄""啼":

奈何不可言:朝看暮牛迹,知是宿蹄痕。

又如"由""油":

双灯俱时尽,奈许两无由。

又如"驶""死":

走马织悬帘,薄情奈当驶。

第二类的同形异义字的游戏如"匹":

昼夜理机缚,知欲早成匹。

又如"关":

摘门不安横,无复相关意。

又如"骨":

飞龙落药店,骨出只为汝。

又如"散":

百弄任郎作,唯莫"广陵散"。

又如"道":

黄檗万里路,道苦真无极。

又如"华":

郎君不浮华,谁能呈实意。

摘菊持饮酒,浮华着口边。

又如"子":

|朱湘作品精选|

　　　　五果林中度，见花多忆子。

　　　　桐树不结花，何由得梧子。

　　又如"实"：

　　　　还君华艳去，催送实情来。

　　　　郎君不浮华，谁能呈实意。

　　又如"颠倒"：

　　　　欢少四面风，趋使依颠倒。

　　还有合此两类的游戏而成的，如"星""心"及"负"：

　　　　画背作失图，子将负星历。

　　这些例子，都是很有趣味的，从前英国伊丽沙白皇后时代诗学最盛，当时的戏曲家如莎士比亚等在他们的戏曲中是常有这种游戏的，当时的诗人，如多恩（John Denne）也有《破晓》（Daybreak）一诗，诗中有这么一句："并非破晓了，破的是我的心。"（"The day breaks not; it is my heart."）。这首诗是一首抒情诗，正如我在上面所举的各《乐府诗集》的例子一般。

　　句法错落的例子如《战城南》："战城南，死郭北，野死不葬乌可食。"一首；《西门行》："出西门，步念之：今天不作乐，当待何时？"一首；《东门行》："出东门，不顾归。"一首；《悲歌行》："悲歌可以当泣，远望可以当归，思念故乡郁郁累累。"一首。这一方面最好的例子，长篇中要算《孤儿行》。《孤儿行》中如"孤儿生，孤子遇生，命独当苦。"三句，第二句中只加上一个"遇"字，便将一种似怨别人又似怨孤儿自己的情境表现出来了；又如"南到九江，东到齐与鲁。"两句，第二句中的"与"字未尝不可去掉，但是加入它的时候，则节奏和谐抑扬的多。短篇中最好的例子则推《古歌》一首，这首歌中的开端是"秋风萧萧愁杀

人，出亦愁，入亦愁，座中何人，谁不怀忧？令我白头。"这起端诚然如《古诗源》的选者沈德潜所说的，是"苍莽而来，飘风急雨，不可遏抑"，但它最妙在加入末一句"令我白头"，这一句出人意料，加增了十二分的力量。

民歌中比喻新颖的例子，如：

朝霜语白日，知我为欢消。

欢作沈水香，侬作博山炉。

侬作北辰星，千年无转移，欢行白日心，朝东暮复西。

皆是。民歌在修辞上不仅有比喻新颖的长处，并且时时作奇语，如"寒不能语，舌卷入喉"，"忆子腹糜烂，肝肠寸寸断"之类。

古代民歌最大的两种长处是描写真实，与题材不限。这两种长处，严格的说来，只是一件事物的两方面：题材不限便是说古代民歌能够描写到诗外的题材，描写真实便是说古代民歌能够将诗所写的题材描写的更为活现，并且能够将诗的题材的各相都描写到，不像诗中仅仅描写此题材的一相。

说到描写真实一层，诗中未尝没有描写真实的文章；汉唐是诗中的创造时代，这一种描写真实的诗是很不少，不用说了，就是到了明清那种摹仿的时代，也未尝没有描写真实的文章出现。即如明代王世贞的拟古乐府的五言绝句，便是很好的例子，又如清代谢芳连的咏田园景物的五言绝句：

阴云儵然来，秋瓜喜新涤，村际日华明，檐边雨犹滴。

晚食爱凉风，家家豆棚坐。

清代王士祯的仿佛泼墨画又仿佛入禅语的诗：

时见一舟行，蒙蒙水云外。

一半白云流，半是嘉陵水。

雨后明月来，照见山下路，人语隔溪烟，借问停舟处。

江天一夜雪，不辨孤村路，时闻断雁声，遥向江南去。

不过这些都是例外；一班作诗的人却都是只知誊抄古人，不敢或者说不能直接去誊抄自然的。古代作民歌的人因为没有古人阻梗在他们的眼中，所以遇到优异的民歌作家的时候，常常能不疑地去直接誊抄自然，不像诗中的优异作家还时常怀着一种犹豫的态度。

农家生活诗人中也有描写的，但皆偏于清远一方面。如王维、韦应物的田园五古诗；清远便是注重神味的意思，它是很好的，但倘得一人来在"远"字的对方"近"字上面下点功夫，作出些写实的田园诗来，岂不也是很好吗？诗人中也有这样一个人，这个人早被有眼光的沈德潜看出来了，他便是储光羲。

储氏这一方面的成绩大半不是有意的，沈氏的发现也只能使他表示出他对于这位实写从事于"为天"的职业者生活之诗人的敬意，而不能使他看出这实在是诗学上的一种革命来，但一个仍不失为一个大诗人，一个也仍不失为一个大批评家。储氏这一方面的诗便是：

既念生子孙，方思厂田圃。

儿孙每更抱，终年登险阻，不复忧安危。

两句极有经验之谈，却被沈氏解为"山中之险阻，异世途之险阻，故登而不危"，也是未能免俗之言。几个很少并且很短的例子；例子虽少，仍不失为一种革命，望读者不要因它们的"量"小而将它们的"质"重忽略掉了。英国桑兹伯里

（Sainisbury）评柯勒立基（Coleridge）为英国的第一流诗人，但桑氏所凭以判定柯氏之崇高位置的只是一首诗，这诗只有五十四行，并且未完，它便是《忽必烈汗》（Kubla Khan），这一种脱俗的眼光正是我们所应尊重、仿学的。

本来是讲农家生活的诗的，却岔入别条路去了，虽说路岔的并非徒劳无功，但让我们这次还是走回原路罢。

诗中描写田园生活的文章只有上述的两种，田园生活的艳的一方面则是向来没有看见过任何诗人着力描写过的，所以如此的原故，便是农家生活在从前文人的心目中是一种特别的象征的原故。我在上面批评沈德潜对于储光羲的田园诗所持的态度的话很可拿来此处参考。作民歌的人没有这种成见在他们的胸中，所以他们能够作出：

系桑条采春桑，采叶何纷纷；采桑不装钧，牵怀紫罗裙。

行者见罗敷，下担捋髭须；少年见罗敷，脱帽着帩头；

耕者忘其耕，锄者忘其锄。来归相怨怒：但坐观罗敷！

一类新艳的诗来。自古以来的诗人因为国俗重农的原故，所以对于农家总是存着一种尊重的态度，写到他们的时候，总是联想起天子躬耕后妃亲桑一类的古典来；农人勤苦，诚然是值得尊敬的，但不知农人也是"人"，并非只是备人崇拜的"神"，农人的生活除了耕耘外，也有他相的，"艳情"即此"他相"中的一相。

古代的诗中如《诗经》的"采采卷耳，不盈顷筐"，又如唐人张仲素的"提笼忘采叶，昨夜梦渔阳"，都是拿忘记手头的事来刻画忆远出神的，但《古乐府》中有这么两句：

"与君同拔蒲，终日不盈把"，这简直是两人终日相对而将手头的事忘记了；翻陈出新，有趣之至。又如"团扇复团扇，持许自遮面，惟悴无复理，羞与郎相见。"一诗，立意新巧，不下英国诗人卜来尔（Prior）所作的《镜子交给维纳司的女子》：

Venus, take my votive glass:Since I am not what I was, What from this day shall be, Venus, let me never see.

一诗。这一首《团扇诗》，毫不落入诗中成千成万的以秋扇见捐比女子见弃的恶礼俗套。

古代民歌中描写真实的最好的例子要算《孤儿行》，诗中最沉痛的一段是："瓜车翻覆，助我者少，啖瓜者多，愿还我蒂，兄与嫂严，独且急归，当兴较计。乱曰：里中一何譊譊；愿欲寄尺书，将与地下父母，兄嫂难与久居！"像这一种极妙的写实诗，不说英国最出名的民歌"Sir Patrick Spens"比它不上，就是英国的各大诗人也作它不出来；它是一首充满了土的气息的好诗，它的性质与想象幻妙的英诗完全不同，我们由此，也可以看出一种我国的诗的可以发展到很高的地位的特彩来。

说到题材不限一层，古代的民歌有两方面的贡献，第一方面是古代民歌描写感觉，第二方面是古代民歌发抒艳情。

现在的一班人都是埋怨我国古代不重科学的分工，文学，尤其是诗，在他们的眼中，是更谈不上分工二字的了；不知偏偏在我国古代的文学中有一种分工的现象发生，这一种分工的现象便是，诗重思想或豪放的情感，词重柔和的情感，所以词中还有周邦彦的《少年游》："低声问，向谁行宿？城上已三更；马滑霜浓，不如休去，直是少人行。"以及陆游的《朝中措》："怕歌愁舞懒逢迎，妆晚记春醒，

一种向人深处，当时枉道无情。"一类的写情细腻的词，"诗"中则一个这种例子也没有，只是苏轼的《石鼓歌》一类思路巧妙的诗比比可见。词，在一班旧学者的眼中，是远在诗之下的，因为词"格不高"。

到了现在，新思想"洪水"般泛滥入中国后，这一种旧思想是铲除掉了；解放了的青年，对于文学有趣味的，就要怅惘的呼起来了，"难道中国竟没有一首言情的诗吗？难道中国真是一片无情的沙漠吗？"不然，"恋情"在中国的诗境上也留下了她的足迹的，不过我们要"礼失求诸野"罢了。"野"便是《乐府诗集》，它含有：

三伏何时过，许侬红粉妆？

御路薄不行，窈窕决横塘；团扇障白日，面作芙蓉光。

揽裳蹀，跣把丝织履，故教白足露。

笼车度蹋衍，故人求寄载；催牛闭后户，"无预敌人事"！

扬州蒲锻环，百钱两三丛，不能买将还，空手揽抱侬！

一类的写情艳丽刻画活现的民歌，表示出中国有诗人在这一方面有成绩，并不见得只有英国有赫立克（Herrick）与卜来尔的。

英国的大诗人济慈作了许多描画美妙的感觉的诗，如《我踮着脚立于小山上》（I Stood Tiptoe Upon a Little Hill）一篇描写诗，又如《圣厄格尼司节的上夕》（St.Agnes' Eve）一篇长体叙事诗，都是描写一些新鲜的感觉的；这一种的诗在我国的诗中很难找到，除开《乐府诗集》中有两个例外：

迭扇放床上，企想远风来；轻袖拂华妆，窈窕上高台。

  天寒岁欲暮，朔风舞飞雪；怀人重衾寝，故有三夏热。

尤其是第一首，这首诗就是教济慈用了他最得意的文笔来作，也只能作出这个样子来。

这便是古代民歌在诗的题材上的两种发展。

这五种古代民歌的特彩，除掉字眼游戏一种之外，别的四种特彩，都是值得我们从事于新诗的人的充分注意的；我不敢讲这四种特彩在古代民歌中已经发展到了最高的地位，但它们都是有望的花种，我们如能将它撒在膏腴的土地上，它们一定能发出极美丽的花来。

一九二五年三月八日

五绝中的女子

我国各种诗体中提到女子的地方很少。五七言古诗中，除了一些借古代失宠的妃女而发挥自己的牢骚的诗，或是一些讥刺当代或古代的女子的诗外，简直不见有女子的踪迹，五七言律诗中的情形也差不多少。只有五七言绝句中歌咏女子的时候最多；而绝句中咏女子的诗也可分为几类，第一，与五七古一样，是咏古代失宠的妃女的诗，这一类诗的题材不外王昭君、班婕妤等等人，如皇甫冉的《婕妤怨》，王昌龄的《长信怨》等诗是；第二，也与五七言一样，是讥刺女子的诗，这一类诗的题材不外息夫人、杨贵妃等等人，如王维的《息夫人》，杜牧的《华清宫》等诗是；第三，是宫词，这一类的诗分为悲乐两种，悲一方面的如崔国辅的《怨词》，刘方平的《春愁》，乐一方面如王昌龄的《朝来曲》，王建的宫词"太仪前日暖房来"一首等诗是；第四，是忆夫诗，这一类的诗如谢朓的《王孙游》，张仲素的《秋闺思》"秋天一夜静无云"一首等诗是，附于这一类的有一种"思君如"体的诗，如，徐干的杂诗："思君如流水，何有已穷时？"张九龄的《自君之出矣》："思君如满月，夜夜减清辉。"等诗是；第五，是咏女子意态的诗，这一类的诗便是我现在所要谈论的。

我所以特别提出这一类的诗来说，而将前四类忽略过去了，是因为第一第二两类浅一点，第三类稀一点，第四类滥一点的原故——虽然各类中不乏佳作。惟有最末一类咏女子情态意念的诗极其新颖有趣，所以拣它出来谈谈。这一类的诗以五言绝句中的例子为最多,七言绝句中极少,依我所看见的,只有一个好例子:韩愈《新上头》中的为"爱好多心转惑,遍将宜称问旁人。"

　　五言绝句中则这一种的例子不胜枚举,它们在中国的诗坛上实在占有一很有趣味的位置,这一类诗的远祖无疑的是《诗经·国风》中的情诗了,这一些"古典"的情诗大半是当时战国时代的一班无名氏作的;他们衣钵相传,直到六朝的时候,社会的情形与战国时代差不多远,于是这一类的诗便大盛起来(在唐代五绝的促成上,这一类的诗也是很有功劳的);这样,经过了唐宋金元,此类的诗生命不断如缕的延绵下去,直到明代诗学上复古的风气大盛,有王世贞从古诗中将这一类的诗复活起来,于是它们又盛,成了此类诗的发达第二期,与六朝时此类诗的发达第一期前后辉映,令西来的"情诗"船舶在我国诗岛的灯塔上还依稀的窥出有这一点光明照着,并非完全黑暗的。

　　此类诗的开卷第一篇便是一个无名氏的《乌夜啼》:
　　　　可怜乌桕鸟,强言知天曙,无故三更啼,欢子冒暗去。
　　第二首的作者是一个道士,叫宝月的《估客乐》:
　　　　莫作瓶落井,一去无消息。
　　刘孝威《咏美人冶妆》有这么两句:
　　　　上车畏不妍,顾盼更斜转。
　　又是一个无名氏在他的——或是她的,我考据不出来——《子夜警歌》中说:
　　　　恃爱如欲进,含羞出不前。
　　到了唐代,崔颢有两首《长干曲》是这样:
　　　　君家住何处?妾住在横塘。停舟暂借问,或恐是同

乡。家临九江水，来去九江侧。同是长干人，生小不相识！

李端的《听筝》中有这么两句：

欲得周郎顾，时时误拂弦。

金代有元好问生此仅存的硕果：

举头见郎至，低头采莲房。

如今到了明代了。王世贞一人作了四首这种的诗，并且它们都是可以传后的：

折杨柳歌

莫作中女郎，懊侬不可言：大姊得早嫁，小妹得娘怜。桃花二三月，故爱东风吹：阿母不嫁女，忘取少年时！

那呵滩

郎来如上滩，五步三步留；郎去如下滩，瞥疾不回头。

浮游花

侬作树上花，日日波上红；郎作波上花，浮游无定踪。

清代这一类的诗简直少有，只有吴伟业《古意》中的两句：

侬似衣上花，春风吹不去。

我们看了上面所征引的例子，知道这一类的诗也是分为两种，第一是咏女子的意态的诗，第二是艳诗，并且附有一种"郎侬"体的诗的。

| 朱湘作品精选 |

王维的诗

王氏在古体中五古长七古，绝句中五绝长似七绝，律诗中五律长似七律。这种工短句而不很工长句的事实并非偶然，它与作者的文体间是有一种密切的关系。因为作者的文体是一种重神韵的文体，讲究暗示而不讲究直叙，着重弦外之音而不着重言尽于辞，所以短句成了他的得意的工具，短句上再加短篇，所以王氏的五绝独擅今古。

五绝中诚然还有一个伟大的作家——李白；他们两人的著作我都是心爱的，我不情愿在他们之间下一种谁优谁逊的比较，即如李氏的

  众鸟高飞尽，孤云独去闲，相看两不厌，只有敬亭山。

一首写出静坐的境地的抒情诗，以及

  天下伤心处，劳劳送客亭，春风知别苦：不遣柳条青！

一首构思巧妙的诗，我们能在王氏的诗中找的出来吗？然而王氏有

  春池深且广，会待轻舟回；靡靡绿萍合，垂杨扫复开。

这样一首幽景的诗

  秋山敛余照，飞鸟逐前侣；彩翠时分明，夕岚无处所。

这样一首微妙的着色诗：

人闲桂花落，夜静春山空；月出惊山鸟，时鸣春涧中。

这样一首充满禅意的诗，也是李氏所作不出的，并且王氏有他个人的文体，终唐之世，只有杜甫的特别文体可以与它对映。

五言绝句的趋向很多，写境的趋向可以拿一个不出名的作家许浑的

夜战桑干北，秦兵半不归；朝来有乡信，犹自寄寒衣。

一诗来代表，写景的趋向也可以拿一个不出名的作家畅当的

回临飞鸟上，高出世尘间；天势围平野，河流入断山。

一诗之中第一第三两句来代表，写情的趋向可以拿一首作者虽出名而此诗尚未为人所真正发现的白居易的

绿蚁新醅酒，红泥小火炉；晚来天欲雪，能饮一杯无？

一首有微妙的抒情旨趣的诗作代表；重含蓄的趋向可以拿王昌龄的

日昃鸣珂动，花连绣户春；盘龙玉台镜，唯待画眉人。

一诗作代表，搜巧思的趋向可以拿李端的

鸣筝金粟柱，素手玉房前；欲得周郎顾，时时误拂弦。

一诗作代表。但这些代表著作在别国的文学中都可以找得出来的，唯有王维的那种既有情又有景，外面干枯，而内部丰腴的五言绝句是别国的文学中再也找不出来再也作不出来的诗。

它们是中国特有的意笔之画与印度哲学化孕出的骄子，它们是中国一个富于想象的老人的肖像，它们是中国文化所有而他国文化所无的特产！保存哪！我们应当怎样的保存哪！

五言绝句重神韵，七言绝句重飘忽；飘忽便是沈德潜所谓的"一唱三叹"，英国桑兹伯里所谓的"抒情的紧张"（Lyricslinteonsity），这种抒情的紧张完全以诗的音乐表现情绪，在英国有雪莱（桑氏所以推重雪氏，即以此故）的诗，在中国便有七言绝句（就中首推李白的为最高）。这种七绝不是王维所擅长的；他虽然有"渭城朝雨浥轻尘"一首七绝为古今所传诵，但我觉得它很平常，我猜想它所以盛于当代的原故，是因为将它谱入音乐的乐谱，《阳关三叠》很美妙，所以辞也就借谱而传了。

王氏的用画笔，达禅机的两种特长在他的五言律诗中（七言律诗中稍为有一点），以及五言古诗中（七言古诗中也稍为有一点）同样的表现，不过不像在五言绝句中那样融洽而神妙罢了。

律诗中的七律是一种很堂皇的诗体，王氏用来作了不少应酬皇帝豪贵的诗，是很得体的。作者的如画的描写以及灵活的想象没有一个休歇的时候，所以就是在这种被动的当儿，也产生了不少的好句子，即如

　　九天阊阖开宫殿，万国衣冠拜冕旒。

两句的庄严之景，

　　云里帝城双凤阙，雨中春树万人家。

两句的富丽之景，《敕赐百官樱桃》一首的流走自然，都是非大手笔不办的。

王氏的五言律诗中写一种清超的风景，与五言绝句中所写的充满禅性的幽景不同。如

古木无人径，深山何处锺；泉声咽危石，日色冷青松。日落江湖白，潮来天地青。
一类的写景是很上乘的。又有
　　日影桑柘外，河明闾井间；牧童望村去，田犬随人还。

四句，将北方农田的景象活现的烘托出来了；我因了解它们，不觉得联想起王氏唯一的后继，一个也是以五绝擅长的诗人清代的王士禛的一首五绝：
　　苍苍远烟起，械械疏林响，落日隐西山，人耕古原上。

这首诗也是写北方的田景，写的也是同样的佳妙，我看，在北方住过的人，看了这两首诗，一定会想起那一种寥落的景色，而连声赞叹王士禛诗中的"疏"字，称美王维诗中"望"字的。

王维的五言律诗中又有几句为我所喜的，它们就是咏雪的
　　隔牖风惊竹，开门雪满山；洒空深巷静，积素广庭闲。

四句。它们之中别的都浅，就是一个"静"字与一个"闲"字深刻之至。

王氏的五言律诗久为世人传诵，所以我在这里只在写景上举了两个久见称道的例子，而别的不举；至于在达禅上，我则没有举任何例子，虽然这种例子也是很多的。沈德潜的《唐诗别裁集》中就有很多，所以我就不提了。唯有"日影桑柘外"四句以及"隔牖风惊竹"四句为前人所忽略，所以我特别的提出它们来谈一谈。

王氏的五言律诗清秀（前人称王氏为"词秀调雅，意新

理惬；在泉成珠，着壁成绘"，便是"清秀"的意思；但"清秀"两字只能包括他的五言律诗以及其他而言，他的五言绝句则非"清秀"两字所可范围的）流走，令人读去，不像是读着一种诗体矫揉的诗，这便是他的五言律诗的最大长处；古人称美他的五律，将他与杜甫并列为五律中最伟大的作家，并非无由。

王氏的七言古诗可以当得"平稳"两字，此外更没有什么可以说的了。

从前的人说王维像陶潜，这不过是指他的五言古诗而说的，至于王氏的五言绝句，五言律诗，在陶氏的诗中哪里找得出？

王氏的五言古诗也是以短篇擅长，可以拿《春夜竹亭送钱少府归蓝田》：

夜静群动息，时闻隔林犬！却忆山中时，人家涧西远，羡君明发去，采蕨轻轩冕。

一首很有神韵的诗来代表；对比起来，它也可以说是与陶潜的"结庐在人境"一诗先后辉映了。

王氏到了老年，虽然禅寂，茹素，但在少年的时代，他也是一个英气勃勃摆脱一切的人，（陶潜在少年的时代也是很有志气的，"少时壮且厉，抚剑独行游。"两句诗便是一个确实的证据。）不然，王氏便写不出下举的好诗来：

五帝与三王，古来称天子；干戈将揖让，毕竟谁者是？楚国有狂夫，茫然无心想，散发不冠带，行歌南陌上。孔子与之言，"仁""义"莫能奖！未尝肯问天，何事须"击攘"？复笑采薇人："胡为乃长往？"风劲角弓鸣，将军猎渭城。草枯鹰眼疾，雪尽马蹄轻。忽过新丰市，还归细柳营；回看射雕处，千里暮云平。

周邦彦的《大酺》

  对宿烟收,春禽静,飞雨时鸣高屋。墙头青玉旆,洗铅霜都尽,嫩梢相触。润逼琴丝,寒侵枕障,虫网吹粘帘竹。

  南方的房屋高而瘦,不像北方的那样矮而肥;并且它们也比北地的大得多。住在江南的房屋中,愉悦的感觉到一种虚幽的风味。加上南方的房屋是较深的,光线不容易透进来,在屋顶上又有几块半明半暗的天窗,更增加起了室中的幽趣。在春天梅雨左右的时候,凡人手所接触到的东西都呈现一种新奇的潮润,并且一阵阵可喜的轻寒不时的向面上飘拂而来;连绵的雨声节奏的敲击于屋顶之上,在深邃的房屋中惊起了微妙的回音。

  室口悬着去夏的竹帘;要是在北方,这时还是挂着冬天的青布棉帘呢。竹帘与房门一般,是阔而高的;帘腰上的横木用细绳系在屋檐之下,将帘悬起;绳子经过了不少的雨露风霜,变成深灰色了,有许多短的蛛丝黏附于绳上,帘纹间也可发见不少蛛丝的痕迹,至于介于竹帘与格子长门扇间的空间中更有一些完整的蛛网,网上还附着微小的雨点。帘与屋檐间有蛛网,在北方是不可能的,因帘常被掀起之故;在江南,则因竹帘有绳悬起,常处于不动的状态中,于是蜘蛛们的经纶之才便有了游刃的余地了。

  我住屋的小院里有一棵杏树,枝叶茂密,枝条特别的柔韧,确有二种嫩梢相触的情景,宛不如北方的树木,枝与干一般的硬，像我们平常在古画中看见的一模一样。杏树的枝干是青黑色，叶子永远的新鲜，与北方雨后灰尘洗去的柳叶一样，在梅雨的时光中，杏叶上摇晃着一片白的颜色。杏荫覆满一院；屋中已是熹微的光景，被杏荫遮的更熹微了。室中的人，在这种时候，恍如置身于轻烟之中，又如神游于凉梦之内。

隔院是一棵刚才坼叶的梧桐，笔直的，大半截不见一叶，并且高而耸，与它身旁的檐壁一样。它活像一柄长伞，柄是淡绿，伞是可爱的透光的青。不知从什么地方，不断的送来春鸠的啼声。

《救风尘》

元曲的思想无论是多么浅陋，人物是多么颠倒，但它也有它两种长处，使得它可以传后，它的第一种长处便是它为纯粹的戏剧，第二种长处便是它为社会的实写。元曲中能够代表这两种长处的便是关汉卿的《救风尘》。

从前谈曲的人总是将曲子分作场上案头两种。场上这种是以排演为目的的，就是我所说的"纯粹的戏剧"。排演既是它的目的，它的曲文自然是偏重于白描，它的说白自然是偏重于通俗了。

我们国内有人说，元曲中的曲文是抒情的，说白是叙事的；研究希腊戏曲的人也是同样的头脑，他们说，希腊戏曲中的合唱都是抒情的。其实不尽然；曲文——合唱中固有抒情的部分，而叙事与解说的时候也并非没有。希腊的戏曲，我们试拿《亚加曼能》来讲，则这篇戏曲中的合唱诗便有许多是追述往事的；元曲我们试拿面前的《救风尘》来讲，也是一样，因为我们如果将它的说白与曲文分开来，只看说白，看此曲到底是说的怎么一回事，那时我们一定是会失望的。曲文用来叙事解说，而要不白描，是决不可以的了。我们试看《救风尘》第一折中的赵盼儿所发的一番议论是全折中最精彩的一部分，而它却是用曲文写的；倘若在这种时候，曲文而不能白描（即是不能为听众所了解的意思），则他们将如买椟还珠，索然寡味，毫不能在心目之中明白的看见赵盼儿这个老于世情、语言中肯的娼家女了。

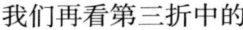

我们再看第三折中的

  几番家待要不问，第一来我则是可怜见无主娘亲，第二来是我惯曾为旅偏怜客，第三来也是我自己贪杯惜醉人。到那里呵，也索费些精神。（这是赵盼儿决定从周舍手中救出宋引章时所说的话。）

又看同折中的

  那好人家将粉扑儿浅淡匀；那里像咱干茨腊手抢着粉？好人家将那蓖梳儿慢慢地铺鬓；那里像咱解了那襟胸带，下颏上勒一道深痕？好人家知个远近，觑个向顺，衡一味良人家风韵；那里像咱们恰便似空房中锁定个猢狲，有那千般不实乔躯老，有万种虚嚣歹议论，断不了风尘。

又看第四折中的

  俺须是卖空虚，凭着那说来的言咒誓为活路。怕你不信呵遍花街请到娼家女，那一个不对着明香宝烛，那一个不指着皇天后土，那一个不赌着鬼戮神诛？若信之咒盟言，早死的绝门户！

这些段落都是与曲中情节紧有关联的，它们如不是用白描的曲文来写出，则听众将失了线索，减了兴趣，而排演的目的完全失败。

元曲的白描后人群推为元曲的一种特长，殊不知这种特长完全是被情势所造成的。

讲到曲中的说白，自元到清几百年中，我简直没有看见一个例子，能够比得上这篇《救风尘》的第三折（与第四折的一部分）。唯一的证明我的结论的方法是将原文征引下来：

  （正旦云）周舍，你来了也。

  （周舍云）我那里曾见你来？我在客火里，你弹着

一架筝，我不与了你个褐色绸缎儿？

（旦）小的，你可见来？

（小闲云）不曾见他有什么褐色绸缎儿！

（周）哦，早起杭州客火散了，赶到陕西，客火里吃酒，我不与了大姐一份饭来？

（旦）小的们，你可见来？

（闲）我不曾见。

（周）我想起来了！你敢是赵盼儿么？好好！当初破亲也是你来。小二，关了店门。则打这小闲！

（旦）周舍，你坐下，你听我说。你在南京时，人说你周舍名字，说的我耳满鼻满的，则是不曾见你；后得见你呵，害的我不茶不饭，只是思想着你，听的你娶了宋引章教我如何不恼？

周舍，我待嫁你，你却着我保亲！我好意将着车辆鞍马查房来寻你，你划地将我打骂！小闲，拦回车儿，咱们去来！

（周）早知姐姐来嫁我，我怎肯打舅？（宋引章上，骂了赵盼儿。）

（旦）周舍，你好道儿！你这里坐着，点的你媳妇来骂我这场，小闲，拦回车儿，咱回去来！

（周）好奶奶！请坐！我不知道她来！我若知道她来，我就该死！

（旦）你真个不曾使她来？你舍的宋引章，我一发嫁你。

（周）小二，将酒来。

（旦）休买酒，我车儿上有十瓶酒呢！

（周）还要买羊。

244

（旦）休买羊，我车上有个熟羊哩！

（周）好好好！待我买红去。

（旦）休买红，我箱子里有一对大红罗！周舍，你争什么那？你的便是我的；我的就是你的！（周舍回家，休了宋引章；宋携休书与赵同逃，为周所发觉，赶上了。周骗得休书，咬碎。）

（宋）姐姐！周舍咬了我的休书也！（旦上救科）

（周）你也是我的老婆！

（旦）我怎么是你的老婆！

（周）你吃了我的酒来！

（旦）我车上有十瓶好酒，怎么是你的？

（周）你可受我的羊来！

（旦）我自有一只熟羊，怎么是你的？

（周）你受我的红定来！

（旦）我自有大红罗，怎么是你的？引章妹子，你跟将他去！

（周）休书已毁了，你不跟我去，待怎么？（外旦怕科）

（旦）妹子休慌莫怕，咬碎的是假休书！

这一段文章自身便是称赞，也用不到我们来称赞它了。

关汉卿是一个戏剧的天才（正如蒋士铨是一个诗剧的天才，杨潮观是一个短剧艺术的天才）。他的天才上引的一段说白可以证实；我又要引一段他对于社会的观察，也可证明他有戏剧的天才，因为凡是有戏剧天才的人皆是眼光如炬能够灼见社会上的一切形形状状的。

娼妓制度的实情，以及为娼妓者的心理，我向来没有看见过有任何文人描写过，写出它们的，并且写的逼真的，唯一

文人便是关汉卿，那本写娼妓的书便是《救风尘》。

妓女追陪，觅钱一世临收计。怎作的百纵千随？知重咱风流媚。待嫁一个老实的，又怕尽世儿难成对；待嫁一个聪俊的，又怕半路里轻抛弃。作丈夫的便作不的子弟；那作子弟的他影儿里会虚脾，那作丈夫的忒老实。我看了些觅前程俏女娘，见了些铁心肠男子辈，便一生里孤眠，我也直甚颓？俺虽居在柳陌中，花街内，可是那件儿便宜？但来两三遭，不问那厮要钱，他便道，"这弟子敲镘儿哩！"但见俺有些儿不伶俐，便说是，女娘家要哄骗东西。御园中可不道是栽路柳？好人家怎容这等娼优？那一千不可道横死亡？那一个不实丕丕拔了短筹？则你这亚仙子母老实头！普天下爱女娘的子弟口，那一个不指皇天各般说咒？恰似秋风过耳早休休！

我们看了这一段文章，觉着既不能诅咒她们，因为她们自有她们的辩解，但也不能亲近她们，因为我们与她们之间隔着一道"猜疑"的鸿沟；我们并且从此看出，猜疑促成了传统的观念，传统的观念与两性中的害群之马也促成了猜疑：这真是一出悲剧，一出极为深刻的悲剧。

我国戏曲中无一可以立于世界悲剧名著之林的则已，倘有，则它便是关汉卿的《救风尘》。